長編小説

義姉さんは僕のモノ

〈新装版〉

草凪 優

竹書房文庫

目次

第一章　義姉《あね》のヒミツ

そのワゴン車を最初に見たときはさすがに引いた。

クルマ全体がショッキングピンクにペイントされ、ボディの横腹いっぱいには野球のユニフォームのような黄色いロゴ文字で〈CHIKA'S　FRUIT　CAFE〉と店名が躍っている。

なにもここまで派手にしなくてもよかったのに、と清家慎二郎《せいけしんじろう》は思わずにはいられなかった。

しかし、ワゴン車と同時に見せられた兄嫁の制服姿のせいで、苦言を呈《てい》することはできなくなった。

ピンク色のサンバイザーと、ピンク色のワンピース。ワンピースは体にぴったりとフィットするデザインで、胸にワゴン車と同じ〈CHIKA'S　FRUIT　CAFE〉の黄色いロゴ。下に黒いレギンスを穿《は》いているから露出は少ないものの、超ミニ丈《たけ》なのでなんだかエッチだ。

「ちょっと派手だったかしら……」

兄嫁の千佳子《ちかこ》は恥ずかしそうにうつむいた。

「でも、やっぱりこういうのって、勢いっていうのも大事じゃない？　目立たなかったら意味ないし、ピンクならすぐに覚えてもらえるかなって……」

「い、いやあ、とってもいいと思いますよ」

慎二郎は懸命に笑顔をつくった。

「たしかにまあ、派手なことは派手ですけど、子供ウケとかよさそうだし。『あっ、フルーツ屋さんのお姉さんが来た』なんて言われそう」

「そうなってくれればいいけど……」

千佳子はやはり恥ずかしそうにもじもじと身をよじらせ、レギンスを穿いているにもかかわらず、短すぎるワンピースの裾《すそ》を両手で引っぱりおろす。

慎二郎がワゴン車と制服にいささか驚いてしまったのは、普段の千佳子がショッキングピンクなどとは無縁なキャラクターだからである。

清楚《せいそ》で奥ゆかしい理想のお嫁さん、それが千佳子だった。

年は三十歳。

色の白い瓜実顔《うりざね》ははっきり言って美人だ。眼鼻立ちが整っていて、黒眼がちな眼はいかにも聡明そうでありながら、バンビのように可愛らしくもある。長い睫毛《まつげ》を伏せると深窓《しんそう》育ちのお嬢さまめいた雰囲気があり、鼻は控えめに小高く、品のある薄い唇はいつも赤く輝いている。

その美貌をどんなアクセサリーより麗《うるわ》しく飾りたてているのが、つやつやした絹のような光沢をもつ長い黒髪だ。

サンバイザーを被っているいま、ポニーテイルにまとめているのが残念と言えば残念だったが、かわりに後《おく》れ毛も悩ましい白いうなじが拝める。普段は見ることができない部分なので眼福《がんぷく》だった。さらに言えば、制服を着ていることによって、もうひとつのチャームポイントが露《あら》わになっている。

千佳子は全体的にスリムなスタイルの持ち主だった。しかし、意外なほど胸が大きいことに驚かされた。奥ゆかしい彼女は、いつも服によって隠していたらしいが、体のラインを露わにするワンピースでは隠しきれない。まるでプリンスメロンをふたつ実らせているような巨乳だった。

「もしかして、客寄せのためにそんなぴったりした服を？」

口の悪い人間なら、そんなことを言いだすかもしれないほど、丸々と迫《せ》りだした乳房の形を強調しているように見える制服だった。

もちろん、見た目だけではなく心まで清らかな義姉《あね》が、そんなあざとい計算をするわけがないのだが、結果的にそうなってしまっていた。

その証拠に、

「やっぱり、このユニフォーム、ちょっと恥ずかしいかしら？　わたし、もう三十だし……」

千佳子は超ミニの丈や、体にぴったりとフィットする素材が際立たせているボディラインを、しきりに気にしていた。

「そんなことないですって」

慎二郎は語気を強めて励まさなければならなかった。

「義姉《ねえ》さん、いつもコンサバな格好してるから、一瞬びっくりしましたけど、すげえよく似合ってますよ」

「そうかしら……」

「そうですって！　僕はこれ、気に入りましたよ。ええ、ものすごく」

必死に励ます慎二郎のほうも、ピンクのサンバイザーにピンクのネクタイ、ピンクのズボンというお笑い芸人のような有様だったけれど、恥ずかしさなどおくびにも出すわけにはいかなかった。本音ではもちろん恥ずかしいに決まっているが、千佳子にその制服を着続けてもらうためには我慢しようと思った。誰かに指差されて笑われても、涼しい顔でやり過ごしてみせる。

ここは千佳子の家のガレージだった。

正確に言えば、慎二郎の兄である栄一郎《えいいちろう》と千佳子の家、ということになる。栄一郎は慎二郎の十歳年上の三十五歳。

三年前、三十二歳のときにこの家を建てた。さすがエリート銀行マンだ。決して豪邸というわけではないけれど、世田谷区の閑静《かんせい》な住宅地に建ったコンクリート打ちっ放しの外壁をもつデザイン住宅は、兄の成功の象徴に見えた。

そしてピンクのワゴン車は、慎二郎と千佳子のこれからの職場である。千佳子が店長を務める移動式スイーツショップ〈チカズ・フルーツカフェ〉の、移動車兼店舗というわけである。

話は四カ月ほど前に遡《さかのぼ》る。

思い起こせば年末だった。

クリスマスのイルミネーションで街がキラキラし、寄り添って歩く恋人たちのテンションが一年でいちばんあがる時期。ボーナスを懐《ふところ》にしたサラリーマンはホクホク顔で、これから恋人と楽しむディナーを思い浮かべて胸を躍らせたり、プレゼントのことを考えていたり、行き交う人たちの誰も彼もが輝いて見えた。

ひとり慎二郎だけが、したたかに打ちのめされていた。

一浪して入学した大学を五年かけて卒業し、ようやく就職した食品メーカーをリストラされてしまったからである。

就職してまだたったの一年。とくに落ち度があったとは思えないので、予期することのできなかった理不尽な仕打ちである。たしかに営業成績がいい方ではなかったけれど、経験がないうえに出口の見えない不況の最中では、成績を伸ばせるほうが奇跡と言っていい。新入社員に期待するほうがどうかしている。

しかし、会社は街に吹きすさぶ北風のように非情だった。

抵抗する術《すべ》もなく年末での解雇を一方的に言い渡され、再就職のあてもないまま年を越すことになりそうだった。

「俺、田舎に帰ったほうがいいのかな」

兄に愚痴《ぐち》ると、

「帰ってどうする？」

兄は冷静に言い放った。

「帰っても実家に居場所なんてないし、仕事もない。いくら不況だって、いや不況だからこそ、東京にいたほうが仕事を見つけやすいに決まってるさ」

たしかに、農業を営む九州の実家は、姉夫婦が継ぐことになっている。戻ったところで居場所はなく、邪魔者扱いが関の山。そもそも、三流とはいえ大学まで出した末っ子の慎二郎に、両親は農家を継がせるつもりはなかったのだ。

それに、兄の言うとおり、この不況下では田舎にロクな就職口があるわけない。わかっていたことだった。いくら理不尽なリストラに打ちのめされても、自力で立ちあがって再就職の努力をするしかないのだ。

しかし……。

（兄さんにはわからないよ、俺の気持ちなんて……）

こっそり心の中でつぶやいてしまったのも、また事実だった。

子供のころから成績もよければスポーツも万能で、一流国大から大手銀行に入社したエリートに、落ちこぼれの自分の気持ちなんてわかりっこない。

慎二郎にとって栄一郎は、子供のころから自慢の兄だった。十も年が離れているせいで、兄弟喧嘩はほとんどなく、ただただ見上げる存在だった。

もちろん、いまだって憧れもすれば尊敬もしているけれど、こういうときばかりは少し気持ちが複雑になる。同じ遺伝子でできた子供なら、兄のいいところが少しくらい自分のほうに来てくれてもよかったのに……。

「再就職、頑張れるよな」

兄に詰問され、

「うん……まあ……年が明けたらなんとかするよ……」

慎二郎は曖昧《あいまい》に言葉を濁した。

「ダメじゃないか、そんなことじゃ。年が明けたらなんて言ってないで、できることはいますぐ取りかからないと。履歴書の書き方を研究するとか、めぼしい会社の人事部に片っ端からメール出してみるとか、できることなんていくらでもある」

「わかってるよ……わかってるけど……」

「いや、おまえは全然わかってない。リストラされた危機感が感じられない……」

兄が説教モードに入りそうになったので、慎二郎は暗澹《あんたん》たる気分になった。エリートという生き物は、説教が大好きなのである。

「ちょっと待ってよ、あなた」

助け船を出してくれたのが、兄嫁の千佳子だった。

「ねえ、慎二郎くん。再就職のあてがないなら、少しわたしの仕事を手伝ってくれないかしら？」

「いったいなんの話だ？」

話の腰を折られた兄が、不機嫌そうに声を尖《とが》らせた。

「前に話したじゃない？　移動式のスイーツ屋さんやってみたいって。あれが実現できそうなのよ。調理器具のついた中古のワゴン車を、格安で譲ってくれるって人が見つかって……」

千佳子は自分のプランを滔々《とうとう》と説明しはじめた。

専業主婦の生活に退屈してきたので、近々仕事を始めようと思っていること。勤めるのではなく、自分で店をもちたいこと。開業資金を安く抑えるため、ワゴン車で営業するスタイルのスイーツショップを考えていること……。

千佳子の話を聞きながら、慎二郎は夫婦の温度差を感じた。

妻の計画を、兄は話半分で聞いていたらしい。

一方の千佳子はかなり本気で、ワゴン車の入手はもちろん、仕入れ先から営業場所まで、かなり具体的にプランを練《ね》りあげていた。

（義姉さんがスイーツショップねえ……）

慎二郎は兄嫁の前向きな生き方に気圧《けお》される思いだった。

千佳子と兄は職場結婚で、六年前に結婚して銀行を寿《ことぶき》退社した。専業主婦になったものの子宝に恵まれず、もてあました時間をさまざまな習い事に費やし、なかでもスイーツをつくる料理教室にはどっぷり嵌《はま》って、調理師免許も取得。いつか自分の店をもつことを夢見ていたという。

「ね、慎二郎くん。移動式のスイーツショップ、素敵じゃない？　フルーツのお菓子にね、特化したお店なの」

慎二郎にはピンとこなかった。タコ焼き屋やホットドッグ屋ならわかるが、移動式のスイーツショップというのがよくわからない。クレープ屋とアイスクリーム屋とパン屋を足して三で割った感じだろうか。

「わたしが見るに、慎二郎くんはサラリーマンで大成するタイプじゃないなあ。勤め人やってても、つらいことのほうが多かったんじゃない？　それよりもいまは起業よ。いつか大きなビジネスにできる夢だってあるし、慎二郎くん、物腰が柔らかいから接客に向いてそうだし。成功したら社長にしてあげてもいいよ」

「おいおい……」

兄が苦笑まじりに口を挟んだ。

「うまいこと言ってそそのかさないでくれよ」

「あら、そそのかしてなんかないわ。でも、どうせリストラで時間ができたなら、なんでも経験してみたほうがいいと思うけど。慎二郎くん、まだ若いんだし。ね、お願い。わたしもひとりじゃ不安だから、軌道に乗るまででも手伝ってよ」

兄の顔は苦りきっていく一方だったが、慎二郎はその誘いに心を躍らせた。移動式のフルーツカフェやスイーツづくりに興味があったわけではないし、ましてや社長になってやるという野望だってあるはずがなかった。

千佳子と一緒に働けると思ったからだ。

栄一郎が自慢の兄で、尊敬や憧れの対象なら、千佳子は理想のお嫁さんだった。

いつか自分も兄のように、千佳子のような女性を娶《めと》って幸せな家庭を築きたい、というのが慎二郎の夢だったが、再就職もままならないこの状況では結婚なんて夢のまた夢。おまけに学生時代からモテまくりだった兄とは違い、慎二郎は昔から女運に見放されっぱなしで、二十五歳にもなって未だ童貞の情けなさなのである。

だから、千佳子と一緒に働きたかった。

理想のお嫁さんとワゴン車に揺られて町から町へと移動し、甘い匂いを振りまいてスイーツを売るなんて、なんというメルヘンチック！

　仕事にかこつけて、甘い新婚生活の疑似体験ができる気がし、慎二郎は兄の反対を押しきって千佳子を手伝うことにしたのである。


　ところが、実際に働きはじめてみると、メルヘンチックどころか、エロティックと言っても過言ではない職場環境だった。

　なにしろ体にぴったりフィットしたユニフォームだ。

　おまけにワゴン車は狭い。

　二畳にも満たないスペースの中で、慎二郎は接客をし、千佳子はフルーツタルトを切り分けたり、クレープやチョコバナナをつくったりしている。

　体がぶつかる。

　腕や足どころか、お尻や太腿《ふともも》が数えきれないほどぶつかって、忙しくなってくると、すれ違いざまにメロンにも似たたわわな巨乳が、背中にぎゅっと押しつけられるという信じられないような幸運まで訪れた。

　おまけに匂いだ。

　狭いワゴン車の中は、いつもバターや生クリームの匂いに満たされていた。

それ自体、さながら新婚家庭のような幸福感に満ちているのだが、千佳子の体に接近し、後れ毛も悩ましいうなじが鼻先まできたりすると、もう大変だった。

女のフェロモンとしか言いようのない生々しい芳香が鼻先で揺らいで、油断すると勃起しそうになってしまう。気がつけばワゴン車の中ではいつだって鼻から大量に匂いを吸いこみ、千佳子が振りまく女のフェロモンを嗅ぎだそうとしていた。

（なるほど……こういうからくりだったんだな……新婚の男がついキッチンで新妻を押し倒してしまうのは……）

幸福の象徴であるバターと生クリームの甘い匂いと、女体が振りまく扇情《せんじょう》的なフェロモン。それがいい具合にブレンドされたものを嗅がされて、欲情しない男なんていないだろう。もしも千佳子が自分のお嫁さんで、ここが新婚生活を送る自宅のキッチンであったなら、間違いなく押し倒している。

いや、ただ押し倒すだけではすまない。後ろから密着して尻を撫でたり、スカートをまくったり、メロンのような巨乳を鷲づかみにして揉みまくるだろう。

裸エプロンだってお願いしてしまうかもしれない。お馬鹿な発想だと重々承知しているけれど、清楚な三十路《みそじ》妻である義姉が裸にエプロンをした姿を想像すると、接客に忙殺されながらも、

（くぅううっ！　たまらないぜっ！）

と慎二郎は日に何度となく身をよじりたくなった。

〈チカズ・フルーツカフェ〉は、一日に四カ所から五カ所の売り場をまわる。曜日によってシフトが決まっているその場所は、郊外にある大規模な団地やマンションだ。何棟も集合住宅が建っているところにはかならず広場があるので、そこにワゴン車を停めて営業するのである。

お昼はかき入れ時なので、ふたりのランチタイムはだいたい午後二時ごろ。千佳子の特製手づくり弁当を、運転席と助手席に並んで食べる。

言うまでもなく、慎二郎にとって至福の時間だ。

店で出すメニューの仕込みから下ごしらえまで一手に行なっている千佳子に、弁当までつくってもらっているのはいささか気が引けたが、かといって遠慮する気にはなれなかった。味はもちろん、彩《いろど》りも栄養価も考え尽くされたそれはまさに愛妻弁当の趣《おもむき》で、一緒に食べていると、自分が千佳子と夫婦であるような甘美な錯覚さえ味わえた。

恥ずかしい話だが、慎二郎は男のくせに子供のころから結婚願望が強かった。

綺麗で聡明で料理も上手。千佳子は本当に理想の奥さんだ。自分も千佳子のような女性と幸せな家庭をもてたら……うれし恥ずかしい妄想に、つい耽《ふけ》ってしまう慎二郎だった。

「ごめんなさいね。おかず、昨夜の残りものばっかり」

千佳子はよくそんなことを口にしていた。

「いやあ、もう全然です。義姉さんの料理、メチャメチャおいしいですから、残りものがあるなら全部貰いにいきたいくらいですよ」

慎二郎は本心からそう思った。あまつさえ、淋しいひとり暮らしなので、手料理に飢えているのだ。

しかし、浮かれるあまり、迂闊《うかつ》な発言をしてしまったことがある。

「それにしても羨《うらや》ましいなあ、兄さんは。毎日こんなおいしい手料理を食べられるんでしょう？　もう天国みたいなものじゃないですか」

千佳子は押し黙った。

急に箸《はし》を休めて溜息をついた横顔に、暗い影が差した。

「どうかしましたか？」

慎二郎が焦って訊ねると、

「ううん、なんでも」

千佳子は笑顔をつくったが、いかにも無理やりつくったような笑顔で、ひきつった頬が痛々しかった。

「なんでもってことないでしょう？　具合でも悪いんですか？」

「そうじゃないの……」

千佳子はますます笑顔を痛々しくして言った。

「そういえば、栄一郎さん、わたしのごはん食べてくれたのどれくらい前だろうって考えたら……哀《かな》しくなってきちゃって……」

「どういうことです？　まさか兄さん、こんなおいしい料理が口に合わないとか？」

「違う、違う。そうじゃなくって、ほとんど家にいないから……夜はその日のうちに帰ってこないし、朝は朝で朝食ミーティングっていうの？　そういうのがあるからって、なにも食べないで早くに出ていくし」

「それじゃあ、ほとんど家にいないも同然じゃないですか」

「そうね。でも、働き盛りの銀行マンってそういうものだから……」

千佳子は遠い眼でつぶやいた。

「わたしも銀行に勤めてたから、それはわかるの。三十五歳なんていったら、それこそ寝る間も惜しんで、食べるものも食べないで頑張らないと、出世レースに負けちゃうもの。わかってはいるんだけど……まあ、正直、ちょっと淋しいわよね」

肩をすくめ、悪戯《いたずら》っぽく舌を出した。

「義姉さん、可哀相《かわいそう》だ……」

「やだ、そんな同情するような眼で見ないでよ。わたしだって、淋しい淋しいって言ってるだけの馬鹿な女じゃないから大丈夫。友達もたくさんいるし、趣味だってあるし、なによりいまは〈チカズ・フルーツカフェ〉を成功させたいしね。それ以外のことなんて考えられないくらい夢中になってるから、亭主元気で留守のほうが都合がいいの」

慎二郎は釈然としなかった。

兄が忙しいのはわかる。昔から忙しいことが大好きな人だったし、エリートバンカーともなれば、想像を絶するような分刻みのスケジュールに追われていても不思議ではない。

それでも千佳子に同情せずにはいられなかった。

なるほど、専業主婦としての座に甘んじることなく、自立した女でいたいという姿勢は尊敬にも値するかもしれない。

しかし、友達や趣味や仕事では、埋めあわせられないなにかが、女にはあるのではないだろうか？

たとえば夜だ。

なかなか帰ってこない夫をひとりベッドで待ちわびるのは、心も淋しいだろうが、体も淋しいに違いない。二十四歳で結婚したときはピチピチした新妻だった義姉も、いまは三十歳。若さを失ったかわりに、性感は発達した。熟れた体が夜泣きして、広いダブルベッドで毎晩悶々としているのでは……。

（アホか、俺は……）

慎二郎は内心で苦笑した。

千佳子に限ってそんなことはないだろう。あまりに幼稚な妄想に、自分で自分が嫌になってくる。そんなことだから二十五歳にもなって童貞なのだ、という天の声が聞こえた気がした。


年末に千佳子から手伝いを頼まれた〈チカズ・フルーツカフェ〉は、一カ月余りの準備期間を経て、二月の上旬から営業を開始した。

最初はすべてが手探りで、ワゴン車を停めさせてくれる場所も少なかったり、苦労も多かったが、三月に入ると徐々に増えていき、集客も軌道に乗ってきた。素人《しろうと》が一から始めたにしては、順調なスタートを切ったと言っていいだろう。きっと千佳子の作るスイーツの味が良かったからだろう。

そんなある日のことである。

桜前線が西からじわじわと上昇し、東京にも春の気配がほんのりと漂いはじめてきたころだった。

仕事を終えた千佳子と慎二郎が家に戻り、ワゴン車をガレージに入れていると、部屋着姿の栄一郎が玄関から出てきた。

「あら、珍しいわね。まだ八時前よ」

千佳子が眼を丸くした。こんな早い時間に家にいる姿は、慎二郎も初めて見た。

「いやあ、接待をドタキャンされちまってね」

栄一郎は苦笑した。

「外で飲んできてもよかったんだが、たまにはうちに帰ろうと思ってさ。この時間なら、慎二郎もつかまると思ったしな」

慎二郎に眼を向け、言った。

「寿司でもとるから、うちで飯食っていかないか？　仕事の話、聞かせてくれよ。スイーツショップの話」

「あっ、いや……」

慎二郎は咄嗟《とっさ》に言葉を返せなかった。せっかく久しぶりに夫婦団欒《だんらん》の時間になりそうなのだから、邪魔してはいけないという自制心が働いたからだ。

しかし、それ以上にふたりと一緒に食事を楽しみたく、物欲しげな無言状態に陥《おちい》ってしまった。千佳子はもちろん、兄と食事するのも久しぶりだった。

結局、千佳子に、

「いいじゃない、食べていきなさいよ」

と言わせてしまい、

「じゃあ、ちょっとだけ失礼します。ちょっとだけ……」

慎二郎はすごすごと家にあがることになった。

本当に一時間ほどで帰るつもりだった。しかし、一時間が経過し、二時間が経過しても、中座できなかった。

出前の寿司を食べおわり、千佳子が翌日の仕込みのために席を立つと、酒に酔った兄がこんこんと説教をしてきたからだ。

「リストラは、まあ、おまえのせいじゃないよ。これだけの不況なんだ。俺のまわりにも、理不尽な目に遭《あ》ってるやつ、いっぱいいるし」

「兄さんのまわりでも？　一流企業ばっかりなんじゃないの？」

「もはや会社の小さいでかいは関係ない感じだな。でもな、リストラに遭っても、逆境をバネにできるタイプと、萎縮してすべてに無気力になっちまうタイプがある。その差がわかるか？」

　慎二郎が首をかしげると、

「ガッツだよ」

　兄は拳を突きだしてきた。

「人間、のるかそるかの土壇場にきたら、根性のあるやつが勝つに決まってる。昔、教えてやったろう？」

「そうだね……」

　慎二郎はまぶしげに眼を細めてうなずいた。

　子供のころから勉強もスポーツも苦手だった弟を、兄はいつもそう言って熱く励ましてくれた。

　ガッツだ！　ガッツで乗りきれ！

　そんな精神注入がなかったら、慎二郎はどうなっていたかわからない。きっと、いまよりもっとみじめな境遇に甘んじていたことだろう。

十歳の年齢差があるので、慎二郎が小学六年生のとき、兄は大学進学のために上京した。

それでも、長い休みで帰省してくるたび、勉強を見てくれ、バスケで一緒に汗を流してくれた。三流とはいえすべりこみで大学に進学できたのも、中学、高校のバスケ部で試合に出れたのも、すべて兄のおかげだった。

（そうだよな。昔を思いだして、もう一度ガッツで頑張ってみるか……）

ふたりでさらに飲んだ。

「だいたいおまえ、いつまで千佳子の仕事を手伝ってるつもりなんだ？」

「うーん、どうだろう……」

兄の呂律《ろれつ》がだいぶあやしくなっていたので、慎二郎は苦笑まじりに答えた。

「まだちょっと……わからないけど……」

「準備期間も含めれば、もう三カ月はやってるだろ？」

「そうだね、一月から始めて三月だから、ようやく仕事に慣れてきたところで……」

「なに言ってんだ！」

兄は突然声を荒げた。

「スイーツ屋の仕事になんか慣れなくていいんだよ。俺が言いたいのはな、おまえはもう、三カ月も無駄な時間を過ごしてるってことなんだよ。再就職するにしても、履歴書にはその期間、空白になるんだぞ。無駄な時間を過ごせば過ごすほど、再就職は遠のいていく。わかってんのか？」

兄は酒に酔うといささか尊大になるところがあった。ただでさえ自信の塊《かたまり》のような男に、上から目線で正論を叫ばれると、すべてに自信のない慎二郎は萎縮するしかなかった。言葉を返すことなど、とてもできない。

「どうせすぐ逃げだすだろうと思って黙ってたんだが、千佳子におまえが楽しそうに働いてるって聞いて情けなくなっちまったよ。なにがフルーツカフェだ。ピンクのクルマ乗ってピンクの服着て甘いもの売ってたりして、それが男の仕事か？　男として恥ずかしくないのか？　悪いこと言わないから、男ならきちんと就職しろ。なんだったら俺が紹介してやってもいい」

「そんなに……頭ごなしに言わなくたって……いいじゃないか……」

慎二郎はうなだれ、もごもごと口の中で言った。

たしかに兄の言うとおりだった。フルーツカフェの仕事にプライドをもち、業務を拡張するためのビジネスプランでも温めているならともかく、慎二郎はただ、千佳子と一緒に働けることを楽しんでいるだけに過ぎないからだ。

手を出すことはできない兄嫁に羨望《せんぼう》のまなざしを向けながら過ごす、ぬくぬくした毎日。それに甘んじ、たとえば再就職先の情報を集めたり資格試験の勉強をしたり、前向きな努力はすべて放棄している。

怒られて当然だった。

当然だが……。

もう少しだけでいいから、このぬくぬくした毎日を楽しみたかった。

やさしい千佳子の側にいて、リストラで傷ついた心を癒《いや》したい。

しかし、そんな本音をもらしたところで、兄の怒りの炎に油を注ぎこむだけだろう。

結果、飲みすぎた。

言葉を返すことができないから、手酌《てじゃく》でぐいぐい焼酎を呷《あお》り、いつの間にか意識を失ってしまった。


ハッと眼を覚ますとまわりは真っ暗だった。

リビングのソファに横になって、毛布を掛けられていた。

(やべえ、まいったな……)

腕時計を見ると、深夜の一時過ぎ。もうとっくに電車も終わった時間である。ひどく間の悪いタイミングで眼を覚ましてしまった。

いっそのこと朝まで寝ていれば、そのまま仕事に出かければいいだけなので問題はないし、朝食をご馳走してもらえる幸運にだってありつけたかもしれない。

しかし、夜中に眼を覚ましてしまうと、他人の家というところは、いかにも間が悪く所在がないものである。

自宅であれば、風呂に入ったり、酒を飲み直したりすることができるが、断りもなくそんなことはできない。二階の寝室で夫婦が寝ていると思えば、テレビをつけるのさえはばかられてしまう。

寝室？

慎二郎は天井を見上げた。

いましかに、ギシッという物音がした。ごくかすかだったけれど、足音のような感じだった。

ということは、兄と千佳子はまだ起きているのだろうか？

にわかに心臓が早鐘を打ちだした。

この時間に起きているということは……。

久しぶりに兄が帰ってきて夫婦の寝室ですることと言えば……。

夜の営み以外には考えられない。

いままで考えまい考えまいとしていた光景が、抜き差しならない強制力をもって脳裏を支配していった。

（マ、マジかよ……）

兄が千佳子を抱いている光景だ。

あの清楚な三十歳と口づけを交わし、裸に剝《む》いて、体中を撫でたり舐《な》めたりしているのだろうか？

メロンの果実にも似たあのプリンプリンの巨乳に、指を食いこませて揉みしだいているのか？

考えてはいけなかった。

しかし、いけないと思えば思うほど、妄想は生々しくなる一方で、妄想の中のふたりはいっそう淫らな行為に突入していく。

兄はよく言えば男らしく、悪く言えば男尊女卑っぽいところがあるから、ベッドでもきっと千佳子を翻弄《ほんろう》しているに違いない。

唇をむさぼり、メロンのように豊満な乳房をむぎゅむぎゅと力強く揉みしだいては、嵐のようなクンニリングスで千佳子をひいひいとよがり泣かせ、やがて、雄々《おお》しく反《そ》り返った肉の棒で女体を貫く。

もちろん、女性上位の体位は考えられない。

女を組みしだいた正常位で千佳子の両脚をM字に割りひろげ、野太く勃起した男根でぐいぐいとピストン運動を送りこんでいる姿こそ、兄には相応《ふさわ》しい。

あるいはバックか？

バック……。

獣《けもの》のごとき四つん這《ば》いポーズを、千佳子がとっているところを想像すると、慎二郎は眼がくらむような興奮を覚え、痛いくらいに勃起してしまった。

兄ならやりそうだった。

いや、好きそうだった。

愛妻を牝犬《めすいぬ》のようにベッドに這わせ、後ろからパンパンッ、パンパンッ、と突きあげている姿が、誰よりもよく似合いそうである。

一方の千佳子はどうか。

あの清楚な美貌に、四つん這いで尻を突きだしたポーズが似合うわけがない。ほとんど罰ゲームというか、屈辱に悶死しそうになるのではないだろうか。

しかし、だからこそ、そこに衝撃的なエロスが生まれる。キャラクターとのギャップが途轍《とてつ》もない卑猥さを放ち、男の欲情を揺さぶり抜く。

千佳子が四つん這いで後ろから貫かれ、発情した牝犬さながらによがり泣いているところを想像すると、慎二郎の体は小刻みに震えだした。興奮のあまり、目頭が熱くなってくるほどだった。

（ぬおおおっ……）

泣きそうな顔で股間のイチモツを握りしめてみれば、涙のかわりに先端から熱い我慢汁が滲《にじ》んだ。

ギシッ、と再び上から音が聞こえてくる。

慎二郎の頭はもはやすっかり冴え渡ってしまい、ソファに横になっていることができなかった。安らかな眠りにつくことなど、ほとんど不可能に思われた。

気がつけば、抜き足、差し足、忍び足で階段を昇り、夫婦の閨房《けいぼう》を目指していた。

（やめるんだ……こんなことして、もし見つかったら……）

間違いなく兄に大目玉を食らい、殴られるかもしれない。兄のパンチは痛い。いつだって正義の鉄拳だからだ。殴られた慎二郎は、千佳子の前で泣いて謝る醜態《しゅうたい》をさらすことになるだろう。

そして、最終的に兄は許してくれたとしても、女の千佳子には恨まれる。男根を咥《くわ》えこまされてひいひいよがり泣いている姿をのぞかれ、怒らない女はいない。蛇蝎《だかつ》のごとく嫌われて、口もきいてもらえなくなって、フルーツカフェの仕事もできなくなるに違いない。

それでも踵《きびす》を返せなかった。

ひと目だけでいい。千佳子のヌードを拝むことができれば、それを眼に焼きつけて階下に戻り、オナニーしようと思った。そうすれば少しはすっきりし、安らかな眠りにつけるかもしれない。

ひと目でいいのだ。

憧れの義姉のヌードを、ほんのちょっとだけでいいから見たいだけなのだ。

「ねえ、本当にこれを着るの？」

二階に上がると、寝室の扉の向こうから、千佳子の声が聞こえてきた。

「ああ、キミに似合うと思って、わざわざデパートで探してきたんだぜ」

答える兄の声には、笑みが含まれていた。淫靡《いんび》な感じがする笑みだった。

「似合うわけないわよ、こんなエッチなの」

「ネグリジェっていうんだよ。いまどき売ってるところもなかなかなくてね、わりと一生懸命探したんだけどな。キミに着せてみたくて」

「……やだもう」

どこか拗《す》ねたような千佳子の口調に、慎二郎は胸の鼓動を乱しきった。自分とふたりのときには決して出さない、過剰に女を感じさせるしゃべり方だった。つまり、この扉の向こうでいま、千佳子は生身《なまみ》の女になっているということである。慎二郎はますますのぞかずにはいられない気持ちになった。

（それにしてもネグリジェだって？）

慎二郎は本物のそれを見たことがなかったが、「ネグリジェ」という古めかしくも艶《なま》めかしい言葉にぞくぞくしてしまった。堅物《かたぶつ》の兄の口から飛びだしたことで、よけいに淫靡さが増して聞こえる。

いったいどんな寝間着なのだろう？

夫婦の会話から察するに、かなりきわどいデザインが期待できる。

ネグリジェの正体を想像するほどに、慎二郎の興奮は高まっていった。見つかったときのことを考えている余裕を失くし、息を殺して寝室の扉に近づいていく。

扉は横にスライドさせる方式の引き戸だった。ドアノブのついた扉より音がたたないから、開けても気づかれにくいはずで、「どうぞのぞいてください」という扉のささやき声が聞こえるようだった。

恐るおそる開けた。

五ミリ……一センチ……一センチ五ミリ……。

わずかに空いた隙間に、瞼《まぶた》をくっつけるようにして中をのぞきこむ。

ダークオレンジの間接照明が灯《とも》っていた。この家の寝室を見るのは初めてだったが、まるで高級ホテルのようにシックな照明だ。

キングサイズと言うのだろうか、部屋の中央に呆《あき》れるほど巨大なベッドが鎮座し、その上でバスローブ姿の兄がひとり、手脚を伸ばして大の字になっていた。

千佳子はと言えば、部屋の隅で背中を丸めて立っている。

「これでいいの？」

ゆっくりと兄の方に体を向けた彼女の姿を見た慎二郎は、

（嘘だろ……）

ごくりと生唾《なまつば》を呑みこんだ。

瞬《まばた》きを忘れるほど衝撃的な光景がそこにあった。

千佳子が着ていたのは、赤いキャミソールドレスふうのものだった。それが一般的に言うネグリジェなのかどうかわからないが、むっちりした太腿が丸出しになった超ミニ丈で、赤いナイロンの生地はスケスケのシースルー。下に着《つ》けているアダルトムードむんむんの黒いブラジャーとパンティを透《す》けさせた、鼻血が出そうなほど悩殺的なデザインだった。

「ふふっ、やっぱりよく似合うよ」

兄はベッドで大の字になったまま、まぶしげに眼を細めた。爬虫類のような眼つきになって、ネグリジェ姿の千佳子を舐めるように眺めまわした。

「そういう格好をすると、キミもすごくエロいな。勃起しちまいそうだ」

兄の露骨な言葉に、千佳子は羞《は》じらって顔をそむけた。横顔を向けた頬が、羞恥にひきつり、ピクピクと痙攣《けいれん》している。

「じゃあ、早速いつものマッサージをしてくれ」

「やっぱり、今日もマッサージだけ？」

千佳子は拗ねたように唇を尖らせた。

兄はなにも答えずに悠然と大の字に横たわっている。

「たまにはわたしだって……抱いてもらいたいときがあるのに……」

「寝る前につまらないことを言うなよ、鬱陶《うっとう》しい」

兄の言葉が尖った。

「仕事で疲れてるって言ってるじゃないか。俺はキミを幸せにするために一生懸命働いている。セックスは疲れてないときでいいじゃないか」

「わかってますけど……」

千佳子はベッドにあがって、兄の腕を揉みはじめた。性的な匂いがまったく感じられない、純粋なマッサージの手つきだった。

「でも、あなたいつも疲れてるし……疲れてないときなんてないじゃない……」

「おかげで家が建ったじゃないか。フルーツカフェがやりたいって言えば、開業資金も提供した」

「それは……ありがたいと思ってます」

千佳子は言いかけた言葉を呑みこんで、マッサージに精を出した。

両腕と両脚をじっくり揉むと、兄の体をうつ伏せにしてまたがり、力をこめて腰を押しはじめた。

（ひどいじゃないか、兄さん……）

慎二郎はのぞきながら、わなわなと体を震わせていた。千佳子があまりにも不憫《ふびん》だったからだ。抱いてほしいというせつない言葉を、「つまらない」「鬱陶しい」と一刀両断しておきながら、マッサージをさせるなんてあんまりだ。

しかも、である。

ハードワークで凝《こ》った筋肉をほぐしてほしいだけなら、なにもスケスケの扇情的なネグリジェなど着せる必要がないではないか。

人一倍羞じらい深い彼女を辱《はずかし》めるような格好をさせて、そのうえで抱かないとは意味がわからない。その矛盾に満ちた振る舞いが、愛の巣である夫婦の閨《ねや》でマッサージに精を出す三十路妻を、なおさら哀れに感じさせる。赤いネグリジェを纏《まと》ったその姿から、水のしたたるような色香が漂っているだけに、いっそう物悲しい。

(兄さん興奮しないのかな……いくら疲れてるって言ったって……)

千佳子に背中をまたがられているのだから、むっちりした太腿や丸みを帯びた尻の肉感が伝わっているはずである。

ネグリジェの丈が短いので、マッサージに励めば励むほど太腿や尻が露わになり、慎二郎など見ているだけで勃起しきったペニスの先端から熱い我慢汁を漏《も》らしているのに、ただ一方的にマッサージを受けているだけとは、本当に仕事で疲れきっているのだろうか。

だがやがて、兄が妻に着せた扇情的なネグリジェの意味を、慎二郎は衝撃とともに思い知らされることになる。

考えてみれば、頭のいい兄が、無意味な行為を人に強《し》いるわけがない。

千佳子に赤いネグリジェを着せた理由は、たしかにあったのだ。

とはいえ、その内実は、まだ女を知らない慎二郎にとって、後頭部を鈍器で殴られるようなものだった。

「むううっ……それじゃあ、そろそろ最後のやつを頼む」

兄が言うと、千佳子はひときわせつなげな顔で溜息をつき、兄の背中から降りた。

兄は仰向《あおむ》けになった。

その体には、先ほどまでとはいささかの変化があった。

バスローブの股間がもっこりと盛りあがっていたのだ。いわゆる男のテントというやつで、勃起していたのである。

慎二郎は一瞬、見てはならないものを見てしまった気がした。のけぞり、後退《あとずさ》って、踵を返したほうがいいのではないかと胸がざわめいた。

しかし、できなかった。

千佳子の手指が、おずおずと男のテントに向かったからである。

バスローブの紐をとき、盛りあがりも生々しい紺のブリーフを露わにした。薄布一枚になった男のテントを、いい子いい子をするように撫でまわした。

「すごい……硬い……それに熱い……」

千佳子が噛《か》みしめるように言う。細めた眼がじゅんと潤んで、廊下からのぞいている慎二郎にまで欲情の揺らぎが伝わってくる。

「さっさとしてくれ」

兄は声を低く絞った。

「こっちはさっさと抜いて、さっさと寝たいんだ。明日も早い。取引先の朝食ミーティングに出なくちゃならないんだから」

「……わかってます」

千佳子は恨みがましい眼つきで兄を見ると、ブリーフをめくりおろした。

隆々と勃起しきった男根が軋《きし》みをあげて反り返り、寝室の天井を睨みつけた。

男らしさに充ち満ちたイチモツだった。

黒く、野太く、エラの張りだし方が尋常ではない。

(どうするんだ？　兄さんのパンツだけ脱がして、義姉さん、どうしようっていうんだ……まさか……)

固唾《かたず》を呑んでいる慎二郎の気持ちも知らぬげに、千佳子の右手が兄の股間に伸びていく。女らしいほっそりした指先が、硬くみなぎった男根の根元にからみつく。千佳子の指はとても白いから、黒光りを放つ厳《いか》つい肉竿《にくざお》とのコントラストがひときわ鮮やかで、身震いを誘うほど淫らである。

いつもフルーツタルトを切り分けたり、生クリームを泡立てている手だった。

その手がいま、男の欲望器官を淫らな動きですりすりとしごいていた。瞼を半分落とした妖《あや》しい眼つきでふうっとひとつ息をつくと、涎《よだれ》じみた我慢汁を漏らしている亀頭を眺めた。

（やめてくれ、義姉さん……）

夫婦の閨なのだから、妻が夫のものをしゃぶりまわすことくらい、当たり前のことなのかもしれない。それでも、胸底《きょうてい》で悲痛な声を絞りださずにはいられなかった。

憧れの義姉の美しい口は、男のものをしゃぶるためにあるのではない、とさえ思う。

「ううんっ……」

千佳子は左手で長い黒髪をかきあげ、顔を亀頭に近づけていった。品のある薄い唇を鈴口に押しつけ、我慢汁をチュッと吸った。

「むううっ……」

兄が荒い鼻息をもらす。

ねろり、ねろり、と亀頭に舌を這わせはじめた千佳子の頭を撫で、

「いいぞ、疲れがとれる」

どこまでも尊大な態度で、妻の舌奉仕を味わう。

ところが、千佳子にとっては、たったそれだけの褒《ほ》め言葉がひどく嬉しいらしく、

「ぅんんっ……ぅんんんっ……」

鼻息をはずませて、舌を躍らせた。いかにも清らかな、ピンク色の舌をせわしなく動かして亀頭を唾液まみれにすると、尖らせた舌先をチロチロと動かして鈴口を刺激し、カリのくびれをねちっこく舐めまわした。

（ああっ、舐めてるっ……あの義姉さんが、チ×ポを舐めてるっ……）

慎二郎は血走るまなこで凝視した。

千佳子も三十路の人妻、考えるまでもなく夫婦の閨房ではフェラチオくらいして当然なのに、そのことがどうにも信じられない。

しかも、最初は遠慮がちに丸めていた体が、だんだん四つん這いに近づいてきた。頭を撫でる兄に誘導され、V字に開いた兄の両脚の間で獣じみたポーズをとり、まるで兄に見せつけるように高々と尻を掲げた。

「ねえ、やっぱり抱いてくれないの？」

「何度も言わせるな。早く抜いてくれ」

せた。

「ううっ……」

千佳子は屈辱とやるせなさに四つん這いの肢体を打ち振るわせ、清楚な美貌を曇ら
(ああっ、義姉さんっ……)

廊下にいる慎二郎は、その様子を真横から眺めていた。

高々と尻を突きだしたことで、ネグリジェの裾がずりあがり、白くまろやかな尻丘がすっかり見えている。

そこから太腿に続く、悩殺的な流曲線はどうだ。

四つん這いになったことで、尻の丸みや太腿のむっちり具合がことのほか強調され、見るもいやらしい姿となった。

まさに発情した獣の牝だった。

これから先、千佳子のこの姿を思いだすだけで、何百回、何千回とオナニーに耽ることができるだろう、と慎二郎は身震いしながら思った。

つまり、当初の目的は達成されたのだ。

千佳子のこの姿さえ目撃できれば、のぞきをやめて踵を返し、一階のリビングでひとり快楽に耽るつもりだったのだから、速やかにそうすべきだった。

しかし、できない。

体が金縛りに遭ったように動かない。

(戻るんだ……一階に戻るんだ……これ以上見ても傷つくだけだぞ……自分が傷つくだけなんだよおおおーっ！)

わかっているのに凝視してしまう。

千佳子が絹のような長い黒髪をかきあげかきあげ、兄の男根を舐めまわしている姿から眼が離せない。唾液をしたたらせながら艶めかしく動くピンク色の舌が、眼を離すことを許してくれない。尖った舌先が、ペニスの中でいちばん敏感なカリのくびれをねろねろと刺激するたびに、見ている慎二郎の腰までビクンッとしてしまう。

「ああっ、すごいっ……なんて逞《たくま》しいのっ……」

千佳子は物欲しげな顔つきで熱っぽくささやいては、亀頭を舐め、根元をしごいた。男根はすでに千佳子の唾液でベトベトになり、ダークオレンジの間接照明の中で妖しく濡れ光っていた。

しかし兄は、眼をつぶって喜悦《きえつ》に顔を歪《ゆが》めるばかり。千佳子の物欲しげな顔に気づくことはなかった。先走り液だけを大量に漏らし、それが包皮の隙間に流れこんで、千佳子がしごくたびに、ネチャネチャと卑猥な音がたった。

「千佳子っ……」

兄が高ぶった声で言った。

「そろそろ出したい……出させてくれ……」

「うんんっ……」

千佳子は上目遣《うわめづか》いにうなずくと、上品な薄い唇を卑猥なＯの字に割りひろげた。せつなげに眉根を寄せて、兄の男根を口唇に埋めこんでいった。うぐうぐと鼻奥で悶えながら、半分ほども口に収めた。

（やめてくれっ！　もうマジでやめてくれよっ！）

慎二郎は胸底で絶叫する。

元が清楚な顔立ちだけに、男根を咥えた千佳子の顔は見るも無惨なほどいやらしくなった。見ているこっちが泣きそうになってくるほどの卑猥さであり、いても立ってもいられなくなってくる。

だが、彼女も三十路の人妻だった。

鼻奥で悶え、卑猥すぎる表情を披露しつつも、さらに大胆に責めていく。

「うんぐっ……ぅんぐぐっ……」

唇をスライドさせて、亀頭を舐めしゃぶった。眼の下がねっとりと赤く染まっているのは、彼女も欲情している証拠に違いなかった。屈辱的なフェラチオ奉仕を強要されていても、頬張った男根は愛《いと》しい夫のものなのだ。舐めしゃぶりながら興奮しているのである。

慎二郎の考えを証明するかのように、千佳子は四つん這いで高々と掲げた尻を振りはじめた。くりん、くりん、と振りたてて、そうしつつ、口腔奉仕も熱烈にしていく。双頬をべっこりとへこませて唇をスライドさせ、口内に溜まった唾液ごと、じゅるっ、じゅるるっ、と吸いあげる。

(すげえ……)

慎二郎は感嘆せずにはいられなかった。

これほど熱っぽいフェラチオなど、ＡＶでさえ見たことがなかった。ＡＶ嬢が行なうフェラは、見た目ばかりを追求し、気持ちがこもってない。眼の前の千佳子のように、欲情しきって舐めていない。

(俺なら一分ももたないよ……こんなふうに舐められたら……)

それどころか、いまにもブリーフの中で暴発してしまいそうなのだから、情けないにも程があった。ズボンの上からイチモツをぎゅっと握りしめると、ガクガクと両膝が震えだした。我慢汁を漏らしすぎたせいでブリーフの内側はヌルヌルの状態で、そこに亀頭がこすれると叫び声をあげたくなるほどの快感を覚えてしまう。

しかし……。

そんな熱烈なフェラを施されている当の本人は、まだまだ納得いかないらしい。赤く上気した鬼の形相で妻を睨みつけると、

「もっと深く！」

千佳子の頭を両手でつかみ、さらに深々と男根を呑みこませた。

「うんぐううううーっ！」

喉奥まで貫かれた千佳子は眼を白黒させ、涙に濡れた視線で慈悲《じひ》を求めたが、兄はどこまでも暴君だった。千佳子の頭を両手で押さえたまま、腰を使いはじめた。ベッドのスプリングを利用して、下からずぼずぼと口唇をえぐりはじめたのである。

「ぐぐっ……ぐぐぐぐーっ！」

千佳子が鼻奥で悲鳴をあげてもおかまいなしだった。唇と男根の隙間から大量の唾液があふれだし、自分の陰毛をぐっしょり濡らしてもさらに突きあげた。ただのフェラチオの域を超え、千佳子の美貌を犯すような勢いで翻弄し抜いていく。

（ひどいよ、兄さん……義姉さん苦しそうじゃないか……息ができなくて苦しそうじゃないかあああーっ！）

慎二郎は泣きそうな顔で兄を睨みつつ、はちきれんばかりのイチモツをズボン越しにぎゅうぎゅうと刺激していた。ズボンとブリーフを破ってしまうのではないかと、怖くなるほどの勃起具合だった。

兄の乱暴なやり方に眉をひそめ、哀れな千佳子に同情しつつも、興奮してしまう。兄に成り代わりたい、と切実に思った。

けれども、それは不可能だ。

絶望的な気分が興奮だけを煽《あお》りたて、どうせ兄になれないのなら、もはやブリーフの中で暴発してしまってもかまわないと、勃起しきったイチモツをズボンの上から思いきりしごきはじめた。

「むううっ、そろそろだ……」

兄がひきがねを引くように声を絞った。

「そろそろ出るっ……出るっ……むううううっ！」

うめき声とともに、ビクンッと腰を跳ねあげた。千佳子の顔を自分の股間にぐいぐいと押しつけながら、放出の快感に身をよじった。

「おおおっ……いいぞっ、千佳子っ……吸ってくれっ……思いきり吸ってくれえええええっ……」

「ぅんぐぐぐうぅーっ！」

兄の言葉と兄嫁のうめき声が重なりあい、からみあった。

男の精が口内にドクドクと注ぎこまれていく様子が、のぞいている慎二郎にまで見えるようだった。妄想の透視カメラによって、煮えたぎる白濁液が千佳子の口いっぱいにひろがり、喉を通過して胃に収まっていく光景が浮かびあがってくる。千佳子の体が、内側からイカくさいザーメンで占領されていく。

「ぅんぐうぅっ……ぅんぐうううぅーっ！」

千佳子が顔を真っ赤にして鼻奥で絶叫し、

（飲んでるの、義姉さん？　兄さんの出したもの、飲んでるの？）

慎二郎は血走るまなこで義姉を凝視した。白い喉が嚥下《えんか》の拍子にコクンと動くのを目撃した瞬間、ブリーフの中で射精した。両脚をガクガクと震わせながら、熱い粘液をブリーフの中に大量に漏らした。

（おおおっ……義姉さんのフェラすごいよっ……兄さんだけじゃなくて、俺もっ……俺もこんなに出しちゃったよおおおっ……）

どれくらい時間が経ったのだろうか。
一、二分のような気もするし、五分くらいそのままでいたような気もする。

気がつけば、兄は高鼾《たかいびき》をあげて眠っていた。

千佳子は扇情的な赤いネグリジェに飾られた肢体をみじめさに打ち震わせながら、兄の股間をティッシュで拭《ぬぐ》い、ブリーフをあげた。バスローブも直して、布団をかけ、けれども自分は長い間、ベッドの上に正座したまま動かなかった。剝きだしの双肩だけを、いつまでも小刻みに震わせていた。

慎二郎には、千佳子の心の泣き声が聞こえる気がした。

あんまりだった。

いくら仕事が超多忙だからといって、こんなやり方、愛する女に対して、していいはずがない。

第二章　桃尻に誘われて

翌日の仕事中になっても、慎二郎の頭からは千佳子の赤いネグリジェ姿が離れなかった。

兄の横暴にむせび泣く義姉《あね》の様子を思いだしては胸を痛め、兄はどうしてあんなにひどいことをするのだろうかと深い溜息をついた。

「ブルーベリーのクレープ、ワン。洋梨とキャラメルのタルト、ツーお願いします」

客の手前、空元気《から》を出してオーダーを通せば、

「はーい、お待ちください」

千佳子もピンクのサンバイザーの下で笑顔をつくって答えてくれるけれど、その心中はいかがなものだろうか？　兄に対する鬱憤《うっぷん》が溜まりに溜まって、暴風雨が吹き荒れていてもおかしくはなかった。

それにしても解《げ》せない。

たとえ仕事中でも何度となくうっとり見とれてしまうほど千佳子の横顔は美しく、こんなに綺麗な人は滅多にいないと思う。

スタイルだって抜群だ。

細身なのに巨乳という、男の夢がたっぷりつまった素晴らしいプロポーションの持ち主なのだ。

体にぴったりとフィットしたユニフォームが露わにしている女らしいボディラインを横眼で眺めれば、昨夜、赤いネグリジェから透けていた黒いランジェリーを思いだして、勃起しそうになってしまう。

こんな素敵な奥さんを、兄はなぜ抱かないのだろう？

いくら仕事で疲れているとはいえ、射精をしたい欲望はあるのだ。フェラチオで出すくらいなら、抱けばいいではないか。赤いネグリジェなんて着せていないで、黒いブラジャーを毟《むし》りとり、その下に隠されたメロンのような巨乳を揉みしだけばいい。四つん這いだけではなく、恥ずかしいM字開脚も披露させて、丸出しになった女の部分に、いきり勃《た》った男根をねじこめばいい。夫婦なのだから、ひとつになって恍惚《こうこつ》を分かちあえばいいではないか。

……わからない。

それとも、あえて結合せずに口内射精というやり方に至福の快楽が眠っているとでも言うのだろうか。童貞である慎二郎にとって、オーラルセックスもまた、未体験ゾーンに属する。

……わからない、わからない。

さらに言えば、もっとわからないのが千佳子だった。

事後の様子からして、彼女が兄との夫婦生活に不満を抱いていることは明らかだった。「仕事で疲れてる」と言われればなにも言い返せないのは仕方がないとして、それでは千佳子の中で溜まりに溜まった欲求不満はどこに行くのだろう？　どこかに捌《は》け口があるのだろうか？

欲求不満を解消……。

普通に考えれば、それは千佳子とは水と油のような関係に思える。

千佳子が欲求不満を解消するために浮気をするなんて、あり得ない。出会い系サイトで知りあった男や、ナンパで引っかけられた男と快楽だけのセックスに溺れるようなことを、真面目な彼女がするはずがない。

ならば、ひとりこっそり自慰に耽る……清楚な彼女がそんなことをするなんて、もっと考えられなかった。というか、あってほしくない。

とはいえ、千佳子とて三十歳の成熟した女である。

欲求不満を溜めこんでいれば、いずれどこかで限界が訪れる。

出会い系サイトやナンパは論外としても、身近にいる夫の弟が相手ならどうだろうか。

一緒に働き、心を許してくれている自分になら、体を開いてしまうこともあるのではないだろうか。

後悔必至のあやまちとわかっていても、夫である兄があの調子なのだから、いつかは空気を入れすぎた風船のように気持ちがパーンとはじけてしまい、あの義姉が赤いネグリジェで誘惑してくることだって……。

(なに考えてるんだ、俺は……)

自分の妄想の馬鹿馬鹿しさに首を横に振ると、

「どうしたの？　ブルーベリーのクレープに、洋梨とキャラメルのタルト、できてるわよ」

千佳子が声をかけてきて、慎二郎はハッと我に返った。

「あっ、すいません……」

あわてて商品を包んでお客に渡した。

（いかん、いかん。仕事中だぞ……）

慎二郎は自分を叱責した。

ブリーフの中のイチモツがムズムズ疼《うず》き、勃起寸前の様相を呈していたからだ。狭いワゴン車の中で男のテントなど張ってしまえばすぐに見つかり、千佳子から軽蔑を買うだけだろう。

花の季節がやってきた。

日に日に気候が春らしくなり、東京まで桜前線が上昇してくると、〈チカズ・フルーツカフェ〉の営業成績もぐんぐんと上昇していった。

花見のお供にフルーツ菓子はぴったりだからだ。

ピンク色のワゴン車が花見気分を盛りあげたという面もあるかもしれない。

とくに有名な花見スポットをまわったわけではないけれど、郊外にあるニュータウンには敷地内の公園に桜が咲いているところも多く、近所の主婦たちが集まってシートをひろげ、プチ花見と洒落《しゃれ》込む様子が散見できた。

そんなある日のことである。

「お待たせしました」

慎二郎がクレープの入った包みを渡すと、

「あなた……もしかして清家くんじゃない？」

客に言われ、慎二郎は相手の顔をまじまじと見つめた。

明るい栗色の巻き髪に、眼の大きな丸顔。一見して、華《はな》やかな美人だった。年のころは二十七、八。マリンブルーのフリースに白いコットンパンツというカジュアルな装いのせいで一瞬わからなかったけれど、慎二郎は彼女を知っていた。

「もしかして、小川《おがわ》さんですか？」

おずおずと訊ねると、

「そうそう、いまは結婚して町田《まちだ》だけどね。町田桃香《ももか》」

相手の女はにっこりと相好《そうごう》を崩した。

「あ、いや……ご無沙汰してます」

慎二郎はしゃちほこばって頭をさげた。意外な場所での意外な人物との再会に、どんな顔をしていいかわからなかった。

桃香は、慎二郎がリストラになった食品メーカーの元ＯＬである。

いや、そういう説明はうまくない。

ただのＯＬではなく、社内でナンバーワンの人気を誇るアイドル的存在で、男たちの誰もが「お嫁さんにしたい」と羨望のまなざしを向けていた高嶺《たかね》の花だった。

「こんなところでクレープ売ってるなんて、会社辞めちゃったの？」

桃香に訊ねられ、

「ええ、まあ……」

慎二郎は苦笑した。

「再就職の準備中なんですけど、ちょっとだけ姉の仕事を手伝ってまして。義理の姉なんですが……あの、義姉《ねえ》さん、昔会社でお世話になってた桃香さんです」

隣で作業している兄嫁に紹介した。

「はじめまして。よろしくお願いします」

千佳子が伏し目がちに会釈し、

「こちらこそよろしく」

桃香も会釈を返した。楽しそうな笑みをこぼし、慎二郎に話しかけてきた。

「ここのスイーツ、とってもおいしいわよね。この前友達が買ってきてくれたんだけど、すっかり気に入っちゃったから、今日はひとりで買いにきたの」

「ありがとうございます。桃香さん、この団地に住んでるんですか？」

「うん」

「月水金と午後の二時ごろ来てますんで、またよろしかったらぜひ」

「オッケー。昔のよしみでちょくちょく寄らせてもらう」

「よろしくお願いします」

笑顔で去っていく桃香を見送りながら、けれども慎二郎は奇妙な違和感を覚えずにはいられなかった。

同じ部署で働いていたとはいえ、「お嫁さんにしたい」ナンバーワンOLだった彼女と慎二郎には、「昔のよしみ」と言われるほど交流がなかったからだ。

年は桃香が三つ上で、慎二郎は一浪一留の遅れてきた新入社員だったから、一緒のオフィスで働いていたのは半年くらいのものである。その間、会話らしい会話をしたことが何度あっただろう？　片手で数えられるくらいの気がする。

しかし、彼女が寿退社した日のことはよく覚えていた。

慎二郎にしてみれば遠い憧れの存在だったけれど、桃香と同期以上の独身男性社員たちは、本気で泣き、本気で酒場で荒れていた。桃香の結婚相手が、中小企業に勤めているごく普通のサラリーマンだったからだ。

「ちくしょう、桃香のことだから、医者とか弁護士とかＩＴ長者をつかまえると思ってたのに、ただのサラリーマンかよ。だったら俺でもいいじゃねえか」

「しかし、そういうところがいかにも桃香だよな。泣かせるよ、まったく。金じゃなくて、愛で結婚したんだよ」

「体かもしれないぞ。あんな美人が金で転ばなかったんだ。愛なんかじゃなくて、ベッドテクに降参したに違いないよ。くぅうううーっ！」

酒場で荒れる先輩たちの会話に慎二郎は加わらなかったけれど、気持ちはよくわかった。

桃香はタレント並みの美人で、気立てもいい。そしてなにより「桃尻桃香」と陰で渾名《あだな》されるほど、悩ましいヒップの持ち主だった。濃紺の事務服のスカートをパツンパツンに張りつめさせた丸尻を、左右に振りながら社内を闊歩《かっぽ》していた後ろ姿が忘れられない。彼女の後ろ姿を目撃すると、鬼の課長さえ説教をやめて見とれるほどだった。

(あの桃香さんが、団地の人妻に収まってるなんてな。考えてみればもったいない話だよ……)

慎二郎はワゴン車の中でまぶしげに眼を細めた。

白いコットンパンツに包まれた桃尻を、プリン、プリン、と振りながら去っていく桃香は、まわりの主婦の誰よりも輝いていた。卑猥な男目線で見てみれば、頭上で咲き誇る桜の花よりずっと、視線を釘づけにされるものだった。

桃香の言葉は社交辞令ではなかった。

〈チカズ・フルーツカフェ〉が月水金とその団地に訪れるたびに、かならず顔を出してくれるようになった。

とはいえ、フルーツ菓子が好きで好きでしようがない、というわけでもないらしい。なんだか、慎二郎と世間話をするために来ているような雰囲気があった。その証拠に、行列ができているときは離れていて、客がいなくなるとするすると近づいてきて、話しかけてくる。

「清家くん、どうして会社辞めちゃったの？」

「いや、まあ、……正直リストラです」

「そう。それは大変だったね」

「入社一年で馘《くび》になるなんて、まったくツイてないですよ」

「でも、業績不振じゃ残るのも地獄よ。うちの夫の会社もね、最近大量リストラしたんだけど、残った社員の仕事が倍になったたって言ってるもん」

「はあ、そうですか……」

もしかすると桃香は、近所に友達がいないのかな、と慎二郎は思った。結婚したときにこの団地に新居を構えたとすれば、まだ一年も経っていない。仕事もなければ近所に友達もいないせいで暇をもてあまし、会社時代にさして仲がよかったわけではない自分のところにおしゃべりに来ているのかもしれない。

悪い気分ではなかった。

たとえ向こうにとっては暇つぶしでも、元「お嫁さんにしたい」ナンバーワンＯＬにして、いまは「素敵な奥さん」な雰囲気を振りまいている桃香と話ができるのは、日々の仕事に張りが出た。

そんな彼女に、ある日、嬉しい誘いを受けた。

「ねえねえ、今度の日曜日、暇？」

「はあ、仕事は休みですが」

「じゃあ、うちでホームパーティするから来ない？　最近仲良くなった近所の主婦同士で集まるの。わたしが〈チカズ・フルーツカフェ〉のお兄さんと知り合いだって言ったらね、ぜひ呼んでってみんなに言われちゃって。みんなここのスイーツの大ファンらしいから」

「はあ、でも主婦の集まりに僕なんか行っていいんですか？」

「わたしの夫もいるから大丈夫よ。実はあなたを呼ぶのは夫の希望でもあるの。このままだと、自分が男ひとりになっちゃうから」

「そうですか。なら、ぜひうかがわせていただきます」

遠慮がちに答えつつも、慎二郎の胸は躍っていた。

なにしろ、桃香の自宅に招かれ、暮らしぶりをうかがうことができるのだ。

彼女のような人が、どれだけ甘い新婚生活を営んでいるのか見てみたかった。

なにしろ相手は、元「お嫁さんにしたい」ナンバーワンＯＬである。好奇心を疼かせるなというほうが無理な相談だろう。


日曜日、慎二郎は千佳子にお願いしてつくってもらった特大フルーツタルトを手みやげに桃香の家に向かった。

ニュータウンの中心部にある五階建ての建物の五階だった。高台にあるので眺めがよく、郊外なので緑も多い。こんなところに愛の巣を構えることができれば、さぞや素敵な新婚生活が送れるに違いない。

呼び鈴を押した。

ところが、明るい笑顔で迎えてくれるはずの桃香が、ひどく曇った顔で扉を開けた。

まるで雨空のようにどんよりしていた。黄色いニットアンサンブルに白いスカートという春めいた装いのせいで、余計に暗い表情が際立って見えた。

「どうぞ……」

玄関にスリッパを揃えられ、

「お邪魔します」

慎二郎はおずおずと部屋にあがった。

２ＬＤＫの造りで、通されたリビングダイニングは広かった。中央に置かれた大きなテーブルには花が飾られ、桃香がつくったらしきオードブルが並べられていた。キッチンからは肉をグリルする香ばしい匂いが漂ってきた。いかにもこれから楽しいホームパーティが始まる、という雰囲気である。

にもかかわらず桃香の表情があまりにも冴えないので、

「どうかしたんですか？」

慎二郎は怖々《こわごわ》と訊ねた。

「他のみなさんは、まだ……」

「今日のパーティ、中止になっちゃった。せっかく来てもらったのに悪いけど」

桃香は苦笑と溜息を同時にもらした。

「さんざん盛りあげておいて、結局みんなにドタキャンされちゃった。急に職場に呼びだされただの、夫の実家に行かなくちゃいけなくなっただの、いろいろ言い訳してたけど、たぶん、日曜だし面倒くさくなっただけね。おまけに、中止になったって言ったら夫が怒りだして大喧嘩。『俺は会社の同僚と競馬行く約束してたのに、わざわざこのパーティのために家にいることにしたんだぞ』って怒鳴られて……知らないわよ、ドタキャンしたのわたしじゃないんだから……なのに結局出ていっちゃって……」

わなわなと唇を震わせる桃香はいまにも泣きだしてしまいそうで、慎二郎は狼狽《うろた》えた。

「いや、あの……そうですか。だったら、フルーツタルト持ってきたんで、一緒に食べません？　甘いものでも食べれば少しは気分が……」

「いい」

桃香は拗ねた少女じみた態度で頬をふくらませて、キッチンからワインのボトルを持ってきた。

「こんな理不尽な目に遭って、のんきにスイーツなんて食べてらんない。飲まずにいられないわよ、もう」

言いながら栓を抜き、ルビー色の液体をグラスに注ぐ。きっと、とっておきのワインなのだろう。芳醇《ほうじゅん》な葡萄《ぶどう》の香りがあたりに漂ったが、桃香はそれを楽しむこともなく、椅子に座るとグラスを呷った。

（まいったな、いきなりヤケ酒かよ……）

顔色を失っている慎二郎に、

「あなたも飲む？」

と桃香が訊ねてくる。

「いや、その……いただきます」

無下《むげ》に断るわけにもいかずうなずくと、桃香はグラスに並々とワインを注いでくれた。慎二郎は桃香の隣に腰をおろしてそれを飲んだ。いちおう乾杯しようとグラスを持ちあげたのだが、あっさりと無視された。

「ホント、ひどいと思わない？」

ぶんむくれた桃香に言われ、

「まったくですね」

慎二郎は力強くうなずいた。ここはご機嫌とりに徹するしかないと思った。

「桃香さんが一生懸命準備してたのに、ドタキャンするなんてひどすぎます。たとえ用事ができたとしても、人として間違ってます」

「そうじゃなくて、夫よ」

桃香が睨んでくる。ワインを一杯しか飲んでないはずなのに、早くも眼が据わってきた。

「ドタキャンされたのは、まあしようがないとしてよ、わたしだって落ちこんでるわけだし、夫だったら慰めてくれるのが務めだと思わない？　それがなに？　会社の後輩と競馬？　あり得ないでしょう？」

「いや、まったく。その通りです」

美人というものは怒った顔も綺麗なんだと思いながら、慎二郎はうなずいた。

「だいたいね、週末に競馬場に遊びにいくなんて独身のすることじゃないの。結婚したなら週末は家庭サービスしなさいっていうのよ。平日は平日で毎晩毎晩飲んだくれてくるし、家庭をもった自覚がなさすぎるのよ！」

「いや、もう、ひどいですよねえ、ご主人も……」

慎二郎はだんだん、泣き笑いのような顔になっていった。

少し意外だった。

会社にいたときの桃香は、たしかに「お嫁さんにしたい」ナンバーワンＯＬだった。

廊下ですれ違っただけでドキドキと胸が高鳴り、彼女にお茶を淹《い》れてもらえると一日中ハッピーな気分でいられたものだ。社内の誰もが、桃香だけは幸せいっぱいの花嫁になると信じて疑っていなかった。

しかし、現実に人妻になった彼女は、人妻なりの悩みや鬱憤を抱えている。当たり前の話だが、そのことに少し驚いてしまう。

美しさはＯＬ時代と変わらない。いや、人妻になったことで、なんとも言えないほんのりした色香が滲んで、いい女感が増したような気さえする。

チェストの上に飾られたウエディングドレス姿の記念写真を見れば、その輝きはまばゆいほどで、これぞ幸せな花嫁そのもの、という感じなのに、日々の生活の中に澱《おり》のように溜まっていくなにかがあるのだろう。ホームパーティの中止は、それが爆発するトリガーになってしまったらしい。

「ねえ、せっかくだから聞いてくれない？」

桃香の愚痴は留まることを知らず、ワインを手酌で飲みながら、マシンガンのような勢いで夫の悪口を並べたてた。

生活態度がだらしない、遅くまで家に帰ってこない、新婚なのに甘い雰囲気が欠片《かけら》もない……ありがちな不満と言えばそうなのだが、本人にしてみれば切実なことなのだろう。

三十分近く、慎二郎が合いの手を入れることすら許さずにしゃべり続けた。うなずいていているばかりの慎二郎は少し頭がぼうっとしてしまい、しゃべり疲れた桃香が言葉を切っても、フォローのいい台詞《せりふ》が思いつかなかった。

「専業主婦っていうのも、大変なんですねえ」

自分でも情けなくなるほど月並みな言葉が口をつく。

「そうよ、大変なのよ」

「結婚するなら、男はもっと奥さんに気を遣わなくちゃいけないってことでしょうかね、やっぱり」

「そりゃあ、このご時世、仕事もしないで家にいさせてもらえるってだけで、恵まれてると思う。感謝だってしてる……でも、結婚前には、こんなに不満が出るなんて思ってもみなかった」

「専業主婦って欲求不満になりやすいんでしょうか？」

うっかり口がすべった。

「はあ？」

桃香が眼を剝いたので、慎二郎はあわてて言葉を継いだ。

「いやいやいや、桃香さんのことじゃないです。義理の姉のことなんですが……〈チカズ・フルーツカフェ〉のオーナーの」

「あの人が欲求不満なの？」

桃香が不思議そうに首をかしげる。

「清楚で綺麗な人に見えたけど。あんなお店をやるくらいだから、お料理だってうまいでしょうし」

「そうなんですけど、問題は僕の兄のほうなんです。なんていうか、エリート銀行マンなんですけど、ちょっと男尊女卑っぽいところがありまして……」

慎二郎はとにかく話題を変えたい一心で、そんな話をしたのだった。このまま桃香に夫の悪口を言わせておくと、悪い酒になってしまいそうだったからだ。

とはいえ、身内の恥をさらすのもどうかと思い、

「あっ、いや、なんでもないです……」

苦笑して誤魔化そうとすると、

「なによ？」

桃香は身を乗りだしてきた。

「話を途中でやめないでよ。男尊女卑の夫がどうしたわけ？」

「いや、その……」

部屋にはふたりしかいないのに、慎二郎はわざとらしく声をひそめた。

「夫婦のその……夜の生活のほうがですね……ちょっと横暴っていうか……」

「どういうふうに？」

「だから、その……なんというか……だ、抱かないんです」

思いきって言ってみると、

「セックスレスってこと？　それは横暴じゃないでしょう？」

人妻になった桃香は、平然と返してきた。ＯＬ時代ならおそらく、「そういう話はセクハラじゃない？」と眉をひそめられただろう。

「うーん、なんていうか、セックスレスとは微妙に違って……抱かないんですけど、マッサージをさせるらしいんですよね。仕事で疲れてるとか言って」

「……まあ」

桃香が眼を丸くした。明らかに怒っている感じだった。

「それだけじゃないんです……」

慎二郎が続けると、桃香は食い入るように見つめてきた。話題を変えることには成功したけれど、先に進むのが少し怖くなってくる。

「露骨な話、してもいいですか？」

「いいわよ。途中までしたんだから、全部話しなさいよ」

「じゃあ言いますけど……」

慎二郎はごくりと生唾を呑みこんだ。

「セックスはしないで口だけを求めるらしいんです。なんて言いますか……フェ、フェラだけを……」

「やだ」

桃香が眼を吊りあげた。

「最低ね、それは」

「でしょう？　それで兄嫁はいつも泣いてるんです。欲求不満ってことですよね？」

「……うん」

桃香は不意に席を立った。ワインのボトルが空になったので、新しいものを取りにキッチンに行くのだろうと思ったが、そうではなかった。

窓辺に立たずんで外の景色に視線を投げた。

慎二郎に背中を向けたまま、春風の流れる空をずいぶん長い間眺めていた。

（どうしたんだろう？）

慎二郎は胸をざわめかせながら、桃香の後ろ姿を見つめた。

黄色いニットアンサンブルに、白いスカート。スカートはタイトフィットのデザインで、丸々と実った悩ましい桃尻の形がよくわかった。

人妻になったことで、OL時代よりさらに熟れたようだった。吸い寄せられるようにむさぼり眺めていると、勃起しそうになってしまった。

(人妻ってことは、この桃尻を毎晩可愛がってもらってるってことか……)

チェスト上に飾られた結婚式の写真は、眉毛の太い、がっちりした体型の夫とともに映っていた。一見して、男らしいタイプだった。きっとセックスも男らしく、桃香を後ろからガンガン突きまくっているに違いない。桃香と結婚しておいて、この桃尻を突きあげない男なんているわけがないからだ。

新婚のいまなら、料理をしている新妻に後ろから襲いかかり、スカートをまくりあげて立ちバック、というのがもっともオーソドックスなやり方だろう。普通の格好でもいいが、裸エプロンだとなお燃えそうだ。

(まったく、俺の妄想はいつもワンパターンだな……)

自分で自分に呆れてしまい、胸底で溜息をつくと、

「……欲求不満なのよ」

桃香がポツリとつぶやいた。

淫らな妄想に耽っていた慎二郎は、一瞬言葉が頭に入ってこず、

「へっ？」

とおかしな声で返事をしてしまった。

「男なんて、釣った魚に餌やらないじゃないけど、最初に寝るときまではものすごく熱心に口説《くど》いてくるし、結婚するまではものすごくやさしいのに、いざ結婚してみるとほったらかし……だから主婦っていうのは、みんな欲求不満なの」

黄色いニットに包まれた肩が小刻みに震えだした。どういうわけか、涙をこらえている雰囲気である。

「……どうかしましたか？」

慎二郎が心配になって訊ねると、

「あなたのお義姉さん、きっと近いうち浮気するわね……」

桃香はぼんやりとつぶやいた。

「義姉さんがですか？　それはないですよ、真面目な人ですから……」

慎二郎は一笑に付した。

「するわよ。わたしもしたいもの……」

桃香は驚くべき切り返しをした。

「桃香さんが浮気を？　まさか……」

「だってわたしもさせられてるんだから」

「ええっ？」

「マッサージよ。それにフェラも。疲れてるから舐めてって、最近それればっかり。女のこっちから抱いてなんて言えないし……ひどいよ、もう……」

桃香はとうとう嗚咽《おえつ》をこらえきれなくなり、窓の縁《ふち》を握りしめて泣きはじめた。


桃香が扉を閉めると、室内に緊張が走った。

寝室だった。

六畳ほどの洋間に、白いアイアンフレームのダブルベッド。窓には遮光《しゃこう》カーテンが引かれ、ピンク色のスタンドが灯っている。

桃香の趣味なのだろう。カーペットもナイトテーブルもチェストも白に統一され、可愛らしい花柄が散りばめられていた。さすがにベッドに天蓋《てんがい》までは付いていなかったけれど、プリンセスムードにあふれた可憐な部屋だ。いかにも新婚夫婦の寝室らしく、どこまでも甘い雰囲気がする。

しかし、桃香と一緒に部屋にいるのは、夫ではなかった。

（これじゃあ俺、間男《まおとこ》になっちゃうじゃないかよ……）

慎二郎は所在なく、弱りきった顔で足踏みしていた。部屋を漂う重い空気が、息苦しくてしようがない。

「やっぱり、ヤバイですよ……」

慎二郎が小声で言うと、

「えっ？」

桃香が泣き腫《は》らした眼で睨んできた。

「浮気の相手してくれるって、あなた言ったわよね？　間違いなく、その口で、なんでもするって言いました」

「いや、それは……たしかに言いましたけど……」

リビングの窓辺で号泣しはじめた桃香をなだめるために、慎二郎はつい、「泣きやんでくれるなら、なんでもします」と口走ってしまったのだ。桃香のような綺麗な女が泣いていることを放っておけないのは、男の本能なのである。しかし、こんな展開になるとは考えてもいなかった。

「まさか……」

桃香が息がかかる距離まで身を寄せてくる。

「相手がわたしじゃ不足っていうわけ？」

胸を張り、ツンと鼻をもちあげた。美人がその美しさを誇示するとき、男にとっては手に負えない存在となる。

「そうじゃないですけど……」

慎二郎は泣きそうな顔になった。桃香を抱きたくない男を捜すなんて、砂場に落ちたコンタクトレンズを探すくらい難しいだろう。いたとすれば、男としてなにかが欠落している。ただ、彼女が自棄《やけ》になっているのが怖いのだ。

「不足じゃないなら、いいじゃない」

桃香が体を預けてきて、慎二郎は後退った。背後はベッドだった。ふたり重なって倒れこんでしまい、あお向けになった慎二郎を、桃香が上から見下ろしてきた。

「後腐れのない一回限りの火遊びよ。それで機嫌を直すって言ってるんだから、付き合ってくれてもいいじゃないのよ」

ささやく唇が、薔薇《ばら》の花びらのように艶めかしかった。眼つきが妖しく見えるのは、ムード満点なピンクの照明のせいだけではないだろう。

桃香は欲情していた。

そうとしか言いようのない悩殺的なフェロモンを全身から漂わせていた。

しかし、それを受けとめる器《うつわ》が、慎二郎にはなかった。桃香にしても、まさか慎二郎が童貞だとは思っていないだろう。

（どうしよう？　素直に告白すべきか？　いや、言えない。二十五にもなってまったく女性経験がないなんて、言えるはずない……）

慎二郎が顔をひきつらせたまま、金縛りに遭ったように動けないでいると、

「ふうん」

桃香の濡れた瞳が輝いた。

「もしかして清家くん、受け身が好きなタイプなのかな？」

「いや……べつに……そういうわけじゃ……」

「いいのよ、顔に書いてあるもの。年上の人妻にもてあそばれたいって、あなたの顔にちゃんと書いてある」

脇腹をコチョコチョとくすぐられ、慎二郎は悶絶した。

「や、やめてっ……やめてくださいっ……ヤバイですってて……浮気なんかしたら、桃香さん、マジでヤバイですってて……」

「どうしてよ？　一回だけの火遊びだって言ってるじゃないのよ。どうせ夫は競馬の

あと飲みに行っちゃうし、バレるわけないんだから」

「ひぃいいいいーっ！」

慎二郎が脇腹のくすぐったさに悶絶しているうちに、桃香はベルトをはずし、ジーパンのファスナーをさげ、ブリーフと一緒におろしてしまった。人妻とはかくも手が早いものなのか、片手でくすぐりながら片手でそんなことをするなんて神業《かみわざ》である。

（嘘だろ……）

顔面蒼白になる慎二郎を尻目に、

「ほーら、勃ってるじゃない？」

ペニスを剝きだしにした桃香は、口許《くちもと》に淫靡な笑みを浮かべた。

とはいえ、そのときの勃起率は六〇パーセントから七〇パーセント、仮性包茎の包皮が完全にめくれるかめくれないか、という状態だった。身を寄せてきた桃香の匂いと、くすぐったさに反応しただけだったからだ。

しかし……。

ねっとりと潤んだ桃香の視線をカリ首あたりにからみつけられると、みるみるギンギンに膨張し、一〇〇パーセントの勃起率に到達した。鋭い角度で反り返って、臍《へそ》にぴったりと貼りついてしまった。

（見られてる……俺のチ×ポが、桃香さんにまじまじと見られてる……）

童貞の慎二郎にとって、男の欲望器官を女に見られたのが初めてだったからである。見られれば見られるほど限界を超えて野太くみなぎり、ズキズキと熱い脈動まで刻みはじめた。

「よかった、満更《まんざら》でもなさそうで」

桃香は微笑みまじりにつぶやくと、ではあらためて、という感じで唇をそっと重ねてきた。

「……ぅんんっ！」

ぷにゅっとした唇の感触に、慎二郎は眼を白黒させた。

（やばい……やばいよ……キスしちゃったよ……）

先ほどまでワインを飲んだせいだろうか。桃香の吐息は甘くフルーティだった。

「うんんっ……ぅんんんっ……」

ぬるりと舌が口内に差しこまれてくる。桃香の舌はいやらしいくらいによく動いて、舌をからませられるともうダメだった。なす術もなく、人妻の舌技に翻弄されるしかなかった。

（な、なんてエッチなキスなんだ……吸ってるよ……桃香さんが俺の舌を吸ってるよおおおおーっ！）

あまりの興奮に、剝きだしにされたペニスが、釣りあげられたばかりの魚のようにビクンビクンと跳ねあがる。

「ぅんんっ……ぅんんんっ……」

桃香はひとりしき舌をからませあうと、慎二郎の服を脱がしてきた。セーターとTシャツを奪い、チュッチュッと甘い音をたてて、耳殻《じかく》や首筋に降り注ぐ雨のようなキスをした。

「ねえ、本当に受け身が好きなタイプなのかな？」

ねっとりした上目遣いでささやいてくる。

「なんだか、自信失くなっちゃうなあ。こんなになってるのにむしゃぶりついてこない男なんて、わたし、初めてなんだけど」

ぎゅっとペニスを握りしめられ、

「おおうっ！」

慎二郎は野太い声をあげてのけぞった。見なくても、亀頭の先から大量の我慢汁が噴きこぼれたのがわかった。

「ねえ、どうなのよ？」

ペニスをニギニギと刺激され、

「す、すいません……」

慎二郎はあまりの快感に涙ぐみながら降伏の白旗をあげた。

「俺……俺、童貞なんです……セックスの経験がないんです……だから、その……好きにしてもらっていいですから……桃香さんに任せますから……」

言いながら、恥ずかしさに身をよじってしまう。二十五歳にもなって童貞なんて、いったいどう思われるのだろうか？　軽蔑か？　それとも嫌悪か？

「なんですって」

桃香の瞳が輝いた。

「それじゃあ、これが初体験ってこと？」

「……はい、すいません」

慎二郎は目頭を熱くしながらうなずいた。

「桃香さんが……そのう……させてくれるなら……」

「すごーい！」

桃香は瞳だけではなく、顔中を輝かせて微笑んだ。

「わたし、初めてセックスする男の人とベッドインしたことなんてない。感動ね。童貞くんをプロデュースじゃないの」

どうやら、軽蔑や嫌悪への心配は杞憂《きゆう》に終わりそうだった。桃香はすっかりはりきった様子で慎二郎の下肢からズボンとブリーフ、靴下まで脱がせて全裸にすると、ベッドを降りた。

「ちょっと眼をつぶってて」

「えっ？　どうして……」

「いいから」

「は、はい……」

勃起しきったイチモツを露わにしたまま眼をつぶるのは途轍もなく心細かったけれど、慎二郎は言うとおりにした。ガサゴソと衣擦《きぬず》れ音がし、

「いいわよ、眼を開けて」

桃香に言われて、ゆっくりと瞼をもちあげると、

（うっ、うぉおおおおーっ！）

慎二郎は胸底で絶叫してしまった。

桃香がネグリジェに着替えていたからである。

兄嫁が着ていたのを彷彿《ほうふつ》とさせるミニ丈のキャミドレスふうデザインだが、色が

違ったので印象はかなり違った。桃香のネグリジェは、白地に色とりどりの小さな花の刺繍がふんだんに散りばめられ、春のお花畑のようだった。

寝室をプリンセステイストに統一している桃香らしい可憐なデザインだったが、スケスケのシースルーなのは兄嫁の赤いネグリジェと同様だ。白いナイロンに、コーラルピンクのパンティとブラジャーが悩殺的に透けている。

（あの桃香さんが……スケスケのネグリジェかよ……）

ＯＬの事務服を着ていたときは可憐さや美しさばかりが際立っていたけれど、いまはそれに加えて若妻らしい色香が匂う。ネグリジェの薄いナイロン越しに、悩殺ランジェリーだけではなく、人妻の欲望が透けて見える。

「初めてのセックスだもんねえ」

桃香がベッドに横になり、身を寄せてきた。肌を露出したせいか、全身から甘い匂いが漂ってくる。

「せっかくだから思い出に残るひとときにしてあげようと思って着替えたんだけど、どうかしら？」

「いや、その、あの……」

初体験にしては強烈すぎるコスチュームだと思ったが、そんなことはもちろん言えない。

「セ、セクシーだと思います……すごく……」

「そう？　嬉しい。触ってもいいのよ」

「し、失礼します……」

慎二郎は息を呑み、おずおずと右手を伸ばしていった。

どこから触るか、迷った。

丸みを帯びた形もいやらしい、コーラルピンクのブラジャーか。それとも、顔立ちからは意外なほどむっちりと肉づきのいい太腿か。

太腿はミニ丈の裾からはみ出して、剝きだしだった。見た目からでも、すべすべの肌の質感と、柔らかそうな揉み心地が生々しく想像できた。

しかし、いきなり素肌に触れるのは、失礼というものかもしれない。

考えたすえ、胸に触れた。

ネグリジェのざらりとしたシースルーナイロンの感触に背筋が震え、ブラジャーのカップの丸みに眩暈《めまい》を覚えた。

まさに女の体だった。

男にはない卑猥な流曲線に充ち満ちて、ちょっと触れただけで体の芯にビリビリと電流が走り抜けていく。

手のひらで丸みを吸いとるように、そうっと撫でた。

「いい感じよ……」

桃香がせつなげに眉根を寄せ、甘い吐息を吹きかけてくる。

「女の体はものすごく繊細だからね、やさしく、やさしく、扱ってちょうだい」

「は、はい……」

うなずきつつも、慎二郎は手指に力をこめたくて仕方がなかった。

ぐっとこらえて、脇腹からウエストを撫でていく。

悩ましすぎる腰のくびれに陶然《とうぜん》となってしまう。

そして太腿だ。しっとりしているのになめらかな素肌と、もっちりした肉感がたまらないハーモニーを奏でて、手のひらを汗ばませる。

桃香は体を横にして慎二郎の方を向いていた。

つまり、慎二郎からはよく見えないが、手を伸ばせば尻にも触れそうだ。

「桃尻桃香」と異名をとった彼女である。触らないわけにいくはずがない。

ネグリジェの上からおずおずと撫でてみると、

（うわあっ……）

慎二郎はあまりの感動に気が遠くなりかけた。

ブラジャーと違って、パンティの生地は極薄だから、丸々と張りつめた尻丘の感触がやけに生々しく手のひらに届いた。

まさに桃尻だった。

桃のような、なんとも言いようのない艶めかしいカーブが、手のひらに吸いついてきた。

この感触はいったいなんなのだろう？　同じ人間の体の一部なのに、どうしてこれほど丸いのか？　どうしてこれほど興奮を誘うのか？

「むうっ……むううっ……」

気がつけば、鼻息を荒げて尻ばかり撫でまわしていた。

触れば触るほど、その芸術的とも言える美麗なフォルムの虜《とりこ》になり、触ることをやめられなくなる。パンティとネグリジェ、二枚の布越しにもかかわらず伝わってくる火照《ほて》り気味の体温が、手のひらにじっとりと汗をかかせる。

「あんっ……」

ネグリジェの中に手のひらをすべりこませると、桃香は小さく声をあげた。

慎二郎は一瞬躊躇《ためら》ったが、興奮のあまり手指の動きを制御できなかった。

コーラルピンクのパンティにぴったりと包まれた尻丘を、舐めるように撫でまわした。

ネグリジェ越しとは違い、ありありと肉感が伝わってくる。

ゴム鞠《まり》のような尻肉の感触が魅惑的すぎて、呼吸をすることを忘れてしまう。

息をとめ、いやらしいほどのねちっこさで撫でまわしていると、

「お尻が好きなのね？」

桃香がクスクスと笑い、

「は、はい……好きです……桃香さんのお尻……」

慎二郎はうなずいた。特別に尻だけが好きなわけではないけれど、桃香の桃尻が特別なのだ。

「まあね。わたしのお尻、なんかエッチな感じがするもんね」

桃香はなおもクスクスと笑いつづけた。美人というものは、自信過剰の自画自賛をしても許される生き物なのだと、慎二郎はしみじみと思った。

「じゃあ、もっと触りやすくしてあげましょうか」

桃香が体を起こしてヒップを向けてきた。シックスナインの体勢で、四つん這いになって慎二郎の顔にまたがってきたのだ。

（うおおおーっ！）

眼の前に接近したヒップは、パンティのコーラルピンクと相俟《あいま》って、まさしく巨大な桃だった。

慎二郎は唖然《あぜん》としながらも、ふたつの尻丘を両手でつかんだ。まるで吸い寄せられるように、手のひらが尻に向かい、ぴったりと貼りついた。

ふたつの尻丘を両手で感じると、興奮も倍、いや掛け算されて十倍にも二十倍にも感じられた。

むぎゅっと指を食いこませれば、魅惑の弾力が伝わってきて、頭の中に火がついたように興奮してしまう。

（ああっ、夢のようだよ。桃香さんの桃尻をこんなふうに独占できるなんて。触り放題の揉み放題なんて……）

ほとんど忘我の心境で両手の十本の指をむぎゅむぎゅと動かしていると、

「ああんっ、感じてきちゃった……じゃあ、わたしもしてあげるね」

桃香が甘い声でささやき、下半身に衝撃が襲いかかってきた。勃起しきった男根を、ぎゅと握りしめられ、

「おおおおっ……」

慎二郎はうめいた。少し汗ばんだ繊細な女の手のひらの感触にのけぞったのも束《つか》の間《ま》、続けざまに先端にぬるりと生温かい舌の感触が襲いかかってくる。

ペニスを舐められてしまったのだ。

舐められたのだ。

「むむっ……むむむっ……」

慎二郎の顔は火を噴きそうなほど熱くなった。生まれて初めて経験するフェラチオは、じっくり味わう余裕もないほどの衝撃的な快感に満ちていた。

自分の手でしごくのと、全然違う。

ぬめぬめした舌が亀頭の隅々まで這いまわり、生温かい唾液に濡れていくのがはっきりとわかる。

(これは……これはまさに……)

兄夫婦の閨房をのぞいた記憶がまざまざと蘇《よみがえ》ってきた。ペニスの中でいちばん敏感なカリのくびれ、そこをねろねろと這いまわるピンク色の舌……視覚では確認できないけれど、いままさにあれと同じことをされているのだ。

「……んあっ！」

桃香が亀頭を口に含んだ。生温かい口内粘膜にすっぽりと包みこまれると、あまりの興奮にペニスがビクビクと震えだし、慎二郎は激しく身をよじった。

(気持ちいいっ……まずい……まずいよ)

出てしまいそうだった。

おそろしいことに、ほんの十秒かそこら舐められただけで、暴発の危機が怒濤《どとう》の勢いで迫ってきた。

だが、まだ出してしまうわけにはいかないと自分に命じていた。

最初は尻込みしていたけれど、いまとなっては二十五年間守ってきた清らかな童貞を捧げる相手は、桃香しかいないと思っている。眼の前の桃尻の奥にあるところに、男根を突きたてたくてしようがない。

しかし、ここで暴発してしまえば、肝心の結合ができないかもしれなかった。

本能が「意識をそらせ」と叫んでいた。

こみあげてくる射精欲を抑えこむにはそれしかない。

舐められているペニスではなく、眼の前のヒップに集中するのだ。

(責めるんだ……責められてばっかりじゃ、マジで出ちゃう……)

美麗なフォルムを包みこんでいるフルバックのパンティの下に、両手をすべりこませた。剝き卵のようにつるつるの触り心地に感動しつつ、生尻の感触を吸いとるように撫でまわしていく。

すると、思いがけない現象が起こった。

ずりあがったパンティが桃割れに食いこみ、Tバックのような状態になったのだ。

慎二郎が尻を撫でるほどに食いこんでいき、その刺激を受けた桃香が、

「んんんっ……んんんんっ……」

と鼻奥で悩ましく悶えた。四つん這いの腰をくねらせ、桃尻を左右に振りたてる。

なんといういやらしい尻の動きだろう。

しかも、調子に乗った慎二郎がさらにぐいぐいと食いこませると、コーラルピンクの生地にシミが浮かんできた。女の急所を包んでこんもりと盛りあがっている股布に、割れ目を彷彿とさせる縦長のシミができて、おまけにツンと鼻をつく発酵しすぎたヨーグルトのような匂いまで漂ってきた。

（これは……この匂いは……）

慎二郎の頭は興奮のあまり爆発しそうだった。

縦長のシミは女の割れ目の形状を生々しく想像させ、嗅いだことのない発情のフェロモンは直接脳に染みこんでくるようだった。

決していい匂いではないのだが、一度嗅いだらさらに嗅がずにはいられない、男の

本能をダイレクトに揺さぶる芳香だった。

慎二郎はくんくんと鼻を鳴らして嗅ぎながら、さらにしつこくパンティを桃割れに食いこませた。食いこませるほどに縦長のシミはくっきりと濃くなっていき、コーラルピンクの生地に割れ目の形状まで透けてきそうになった。

「やあん……そんなに食いこませて、恥ずかしいじゃない。エッチね、清家くん……」

頬を赤らめた桃香が振り返り、慎二郎の心臓はドキンと跳ねあがった。

かつての「お嫁さんにしたい」ナンバーワンＯＬの瞳はいやらしいほどとろとろに蕩《とろ》けていた。頬がりんごのように赤くなり、半開きの唇が唾液に濡れ光っていた。

「焦《じ》らさないで、早く……早く脱がして……」

甘い声でささやかれ、

「ぬ、脱がして……いいんですか？」

慎二郎の声は上ずった。

「いいわよ。わたし、たぶんもう、びっしょりだから……」

桃香が恥ずかしそうに向こうを向く。

（びっしょり……びっしょりって……）

いったいなにがびっしょりなのだろう？　もちろん、答えはひとつだろう。慎二郎は桃割れに食いこんだシミつきの股布に指をかけた。ハアハアと息をはずませながら横側にめくった。

まず眼に飛びこんできたのは、セピア色のアヌスだった。

細かい皺《しわ》がキュッとすぼまって、なんとも言えず可愛らしい。美人というものは排泄器官までこんなに可愛いものなのかと呆然《ぼうぜん》としながら、パンティをさらにめくっていく。

むっと湿った女の匂いがたちこめる中、慎二郎は眼を凝らした。

ちょろちょろした黒い繊毛に縁取られた、アーモンドピンクの花びらが眼の前にようやく現われた。

（こ、これが……これが女のオマ×コッ！）

淫らな花だった。

くにゃくにゃした左右の花びらが巻き貝のように身を寄せあい、重なりあった隙間から、岩清水のように粘液が滲みだしている。

びっしょり、という感じではなかった。しかし、指で割れ目をひろげ、内側にあるつやつやした薄桃色の粘膜をさらけだすと、奥からトローリと発情のエキスがしたたってきた。

（たしかに……）

欲求不満という言葉が、やけに生々しく実感できた。生身の女性器を間近で見たことなど初めてのくせに、彼女が欲求不満であることを確信してしまった。

薄桃色の粘膜がひくひくと蠢《うごめ》いている様子が、たまらなく物欲しげに見えたからだ。したたる粘液はまるで涎で、刺激が欲しくて仕方がないと訴えているようだった。さらに、発酵しすぎたヨーグルトのような匂いが、淫らがましい湿り気を伴ってむんむんと鼻先に迫り、早く舐めてと誘っているかのようである。

（いくぞ……舐めるぞ……舐めちゃうぞ……）

吸い寄せられるように、慎二郎は桃割れに顔を押しつけた。

アーモンドピンクの花びらに唇が触れると、くにゃりとした感触に身震いが走った。いったいなんというエロティックな感触なのだろう。

すかさず舌を出し、薄桃色の粘膜を舐めあげていく。貝肉のようにぬるぬるした感触が舌腹にひろがり、匂いを凝縮した味がする。やり方はよくわからなかったが、とにかく夢中で舌を躍らせてみる。

「ああんっ、いいっ……」

桃香が尻を振りたてる。

「うちの人、フェラばっかりさせるくせに、わたしのは滅多に舐めてくれないのよ……ああっ、舐めてっ……もっと舐めてっ……舐められるの好きっ！」

「むううっ……むうううっ……」

慎二郎は夢中で舌を動かしながら不思議な気分にとらわれた。

桃香の夫はなぜ滅多に舐めないのだろうか。ただ舐めているだけでこれほど興奮してしまうものを、慎二郎は他に知らなかった。それはもう、想像を絶するほどいやらしい舐め心地がした。

薄桃色の粘膜の上でたっぷりと舌を躍らせると、花びらを口に含んでしゃぶりあげた。あふれる粘液を啜《すす》りながら、割れ目のまわりの饅頭《まんじゅう》のように盛りあがった全体まで舐めまわしていく。

「くっ、くぅうううーっ！」

肉の合わせ目を舌が通過すると、桃香がビクンと腰を跳ねさせた。いままでとは明らかに違う反応だった。

慎二郎は眼を凝らして、いま舐めた部分を探った。

小さな真珠《しんじゅ》のような肉の芽が、包皮から顔をのぞかせていた。

（これは……クリトリス？）

おそらく、これこそが女の体の急所中の急所であろう。そこを舐めればどんな女もひいひいよがると言われている、魔法の性愛器官……。

「あぁううううーっ！」

真珠に似た肉の芽をねろねろねろと舌先で転がすと、桃香は背中を反らせて甲高《かんだか》い悲鳴をあげた。

もう間違いなかった。

慎二郎は頭の中を真っ白にして、クリトリスに集中攻撃を浴びせた。舐めたり、吸ったり、突ついたりして、顔中が獣じみた匂いのする粘液にまみれても桃割れから顔を離さなかった。


どれくらいの間、シックスナインに淫《いん》していただろうか。

十分か十五分か、時計で計ればそれくらいだったかもしれない。しかし慎二郎には、一時間にも二時間にも感じられる長い時間だった。

濃い時間だったと言ってもいい。いままで夢に描いていただけの女性器を好き放題に舐めまわすことができたのだから、濃密に感じられて当然だった。

「ああっ……も、もうダメッ……」

桃香が切羽つまった声をあげ、シックスナインの体勢を崩した。

「わたし、もう欲しくなっちゃった……あんまり一生懸命舐めてくれるから、我慢できなくなっちゃった……」

「は、はい……」

慎二郎はふうふうと肩で息をしながら、発情のエキスにまみれた顔を手のひらで拭った。

まだ舐めていたかった。

しかし、我慢の限界を迎えていたのは、慎二郎も一緒だった。舐めることに夢中になって射精感をやり過ごしていたが、さすがにこのまま続けていれば、程なくして桃香の口の中に男の精を暴発させてしまうだろう。

「わたしが上でいい？」

桃香が親指の爪を噛みながら上目遣いで見つめてきて、

「お、お願いします……」

慎二郎は仰向けの体をピーンと突っ張らせて答えた。

全身がしゃちほこばっていたが、唾液にまみれたペニスがもっともそうだった。硬く屹立《きつりつ》したそこだけが、別の生き物のようにビクビクと跳ねている。

桃香はまだネグリジェを着たままだった。

上目遣いで慎二郎を見ながらしばし逡巡《しゅんじゅん》し、

「着ていたほうがエッチでしょう？」

とブラジャーとパンティだけを体からはずした。ネグリジェはスケスケだから、白いシースルーナイロンの向こうに、胸のふくらみと桜色の乳首、そして、優美な小判型に茂った黒い草むらが見えた。

（うわあっ……）

扇情的すぎる人妻の姿に、慎二郎はごくりと生唾を呑みこんだ。

たしかに、着ていたほうがエロティックだった。透けた白いナイロン越しに見える乳房の形はひどく卑猥で、おまけに生地にこすれるせいか、みるみる乳首がいやらしい形に尖っていった。

桃香が腰にまたがってくる。

両脚をM字に立てた格好だった。結合部を大胆に見せつけながら、そそり勃ったペニスの切っ先を濡れた割れ目にあてがった。

「ああっ、恥ずかしい……」

桃香は顔をそむけた。

「でも……でも初体験だから、繋《つな》がるところが見えたほうがいいでしょ？　だから恥ずかしいけど我慢する……」

言い訳がましくささやきながら、桃香もかなり興奮しているようだった。生々しいピンク色に上気した双頬に、恥ずかしいけど見られたいという欲求不満の人妻の本音が、しっかりと書いてあった。

「いくわよ……」

桃香が言い、慎二郎はうなずきながら息を呑んだ。

M字に開かれた両脚の中心が落ちてくる。

濡れた割れ目に、亀頭がずっぽりと沈みこんでいく。

けれども桃香は、一気に腰を落としてこなかった。亀頭を呑みこんだあたりで、小刻みに腰を上下させた。チャプチャプと淫らすぎる音をたて、割れ目を唇のように使って亀頭を刺激してきた。

（ああっ、食べられるっ……俺のチ×ポが桃香さんのオマ×コにっ……）

慎二郎は血走るまなこをひん剝いて、おのが男根を凝視していた。自分のものとは思えないほど野太くみなぎった肉棒が、少しずつ、少しずつ、女の体の中に入っていく。桃香がなかなか腰を落とさないから、蜜壷の奥からあふれた発情のエキスが、タラーリ、タラーリ、と肉竿に垂れてくる。

「ああんっ！」

腰を上下に動かしながら、桃香の双頬は淫らにひきつっていった。ずちゅっ、ぐちゅっ、と卑猥な音をたてて亀頭が出たり入ったりするたびに、「お嫁さんにしたい」ナンバーワンの美貌が歪んでいく。

（た、たまんねえっ……）

慎二郎は瞬きも呼吸も忘れてしまった。

女の割れ目がカリのくびれをぴったりと包みこむと、身をよじりたくなるような快感が訪れた。その位置で腰を上下されると、敏感なエラ裏だけを割れ目の入り口でこすりたてられ、眼もくらむような刺激が襲いかかってくる。

（すげえっ……すごすぎるよ、桃香さんっ……いったいいつまで粘るんだっ……セックスって、こんなにじわじわ繋がるものなのか？）

まだすべてを呑みこまれたわけでもないのに、慎二郎の体は、ガクガク、ブルブル、と震えだした。全身の血が興奮に沸騰し、震えを起こしているような感じだった。

このままカリだけを責めつづけられたら射精してしまう、と思った瞬間、

「ああっ、ダメッ……もうダメッ……我慢できないぃいいいいいっ……」

桃香がようやく最後まで腰を落としてきた。

女の割れ目でずぶずぶと男根を呑みこんだ。

（おおおっ……おおおおっ……）

慎二郎は性急な展開に焦った。そそり勃った男性器官を、本当に食べられていく感じだった。

「はっ、はぁああうううううーっ！」

桃香が甲高い悲鳴をあげてのけぞる。

「おおお、奥まできてるっ……いちばん奥まで届いてるうううーっ！」

叫びながら、ぐりん、ぐりん、と腰をまわした。

お互いの陰毛をからみつけるような、いやらしすぎる腰使いで股間を押しつけてきた。まるで両脚の間に呑みこんだ男根の硬さと大きさを確認するかのように、粘りつくようなグラインドを見せた。

「むむむっ……」

息を呑む慎二郎にも、自分のペニスがいちばん奥まで届いている実感があった。

おそらく子宮だろう。桃香が股間を押しつけてくるたびに、亀頭の先がコリコリしたものにあたった。

（これがっ……これがオマ×コッ……オマ×コかあっ……）

生まれて初めて味わう蜜壺の感触は、思ったほどキツくなく、思った以上にぬるぬるしていた。かつて想像できなかったほどのいやらしさだった。

「どう？」

桃香が欲情を隠しきれない顔でささやく。

「これが女よ……セックスよ……」

「むむっ……」

慎二郎が言葉を返せないでいると、桃香はM字に立てた両脚を前に倒し、本格的に腰を使いだした。ぬんちゃっ、ぬんちゃっ、と粘っこい音をたてて股間を前後にスライドさせ、性器と性器をこすりたてる。スケスケのネグリジェの下で魅惑の双乳をタプタプはずませて、ピッチをあげていく。

（ああっ、すべるっ……オマ×コとチ×ポがすべってこすれてるっ……）

慎二郎は呆然と桃香を見上げた。

思ったほどキツくないと思った蜜壺は、桃香が腰を使うほどに吸着力をあげ、すべってこすれる感じから一変していった。濡れた肉ひだがペニスに吸いついてきた。

濡れれば濡れるほど密着感を増していくようで、性器と性器が溶けだしてひとつになるような甘美な錯覚が訪れた。

たまらなかった。

二十五歳になるまでこの味を知らないで生きてきたことを激しく後悔してしまうくらい、衝撃的な歓喜が訪れ、いても立ってもいられなくなってきた。

「桃香さんっ……桃香さんっ……」

感極まってすがりつくように両手を伸ばすと、桃香は上体を倒してくれた。慎二郎はネグリジェに包まれた体を抱きしめた。ざらついたナイロンに包まれた女体は妖しく汗ばんで、骨が軋むほど抱きしめずにはいられなかった。

「ふふっ、甘えんぼさんね」

桃香は菩薩《ぼさつ》のように微笑み、甘い口づけを与えてくれたけれど、腰の動きはとめなかった。いや、いっそう激しくなった。パンパンッ、パンパンッ、と音がたった。桃尻を跳ねあげて、女の割れ目で男根をしゃぶりあげてきたのだ。

「おおおっ……」

上体を起こしていたときとまるで違う痛烈な刺激がペニスに訪れ、慎二郎は顔をこわばらせた。すぐにくしゃくしゃになった。桃香が口にぬるりと舌を差しこんでくると息ができなくなり、どういうわけか快感も倍増した。

(ダメだっ……もうダメだっ……)

くしゃくしゃに歪んだ顔を茹《ゆ》で蛸《だこ》のように真っ赤に染めあげて桃香を見ると、ねっとり潤みきった瞳で見つめられた。口許には淫靡な笑みが浮かんでいた。二十五年間生きてきて、間違いなくナンバーワンにいやらしい顔だった。見つめあっていると、「いいわよ」という心の声がはっきり聞こえた。

いいわよ……。

出しても、いいわよ……。

「むううっ！」

慎二郎は桃香の口をむさぼり、汗ばんだ肢体にしがみついた。

本能が命じるままに、下から突きあげた。

ベッドのスプリングを利用して、ぐいぐいと律動を送りこんだ。

「はっ、はぁうううーっ！」

桃香が獣じみた悲鳴をあげる。激しく身をよじったので、慎二郎は女体にしがみつき、必死になって抱擁に力をこめた。

気がつけば桃香の背中ではなく、両手で尻の双丘をつかんでいた。

そこをつかむと、下からでも容易に突けた。類《たぐ》い希《まれ》な美尻を両手に感じたことで、興奮はレッドゾーンを振りきった。尻の双丘を揉みしだきながら、女の割れ目をずぼずぼと貫いていく。

「ああっ、いいっ！　いいわあっ！　はぁおおおおおおーっ！」

桃香が絶叫しては口を吸い、口を吸っては身をよじる。

その動きと、慎二郎の動きが重なっていく。

ほんの束の間ではあるけれど、ぴったりと一致した瞬間がたしかにあった。

しかし――。

（で、出るっ……もう出るっ……）

ぎゅっと眼をつぶると、眼尻が歓喜の熱い涙で濡れた。次の瞬間、下半身で爆発が起こった。本当に、腰から下が吹っ飛んでしまうような衝撃が訪れ、

「むむむっ！」

桃香に舌を吸われながらうめき声をあげた。ドピュッ！　と出た。煮えたぎる欲望のエキスが尿道を灼《や》きながら、ドピュッ、ドピュッ、と噴射していく。

「はぁあああああああーっ！」

桃香が口づけを続けていられなくなり、甲高い悲鳴を放った。

「出してっ！　もっと出してっ！　ビクビクしてるっ！　清家くんのオチ×チン、オマ×コの中でビクビクしてるううううーっ！」

淫らな卑語さえ口走りながら、桃香は腰を使ってきた。射精に到達して動けなくなり、硬直した男の体に心臓マッサージでも施すように、桃尻をパチン、パチンと打ちつけて、性器と性器をしつこくこすりあわせてきた。

「おおおっ……おおおおおっ……」

慎二郎はだらしない声をもらしながら、長々と射精を続けた。全身を弓なりに反り返して、放出のたびに激しく身をよじった。

これで、童貞喪失の儀式は滞《とどこお》りなく終了したわけだった。

ようやく男に……大人の男になったのだ。

しかし、そんな感慨に耽る暇もなく、ただ夢中になって灼熱の樹液を吐きだしつづけた。

桃香をきつく抱きしめながら、愉悦《ゆえつ》の海の底までゆっくりと沈んでいった。

第三章　淫らなサクランボ

「ごめんなさい」

朝、いつものように仕事に向かうと、千佳子に玄関口で頭をさげられた。

「申し訳ないんだけど、今日はひとりで行ってくれないかしら。なんだか気分がすぐれなくて……お菓子、つくれるだけつくっておいたから」

「大丈夫ですか？」

慎二郎は千佳子の顔をのぞきこんだ。血の気がなく、紙のように白い。

「うん……今日一日寝てれば治ると思う……」

千佳子はうつむき、か細い声で言った。

「わかりました。仕事は僕に任せてください。とにかくゆっくり休んだほうがいいですよ」

慎二郎はうなずいて、ワゴン車に商品を積みこむと、ひとり淋しくガレージを出ていった。

やっぱりな、と心の中でつぶやいていた。
三、四日前から千佳子は様子がおかしく、心配だった。そのうちこんなことが起こるような気がしていたのである。
体調が悪いというより、なにかに悩んでいる様子だった。

仕事中に思いつめた表情をすることが多くなり、客に振りまく笑顔にも潑剌《はつらつ》さが失われていた。

昨日など、オーダーは聞き間違えるわ、せっかくつくったフルーツケーキを家に置き忘れてくるわ、初歩的なミスを連発し、何度も唇を嚙みしめていた。

原因はなんだろうか？

店の営業成績は右肩あがりだから、仕事のことではないだろう。

ということはやはり、兄とのぎくしゃくした夜の生活か、それに端を発する欲求不満のせいではないかと疑ってみたくなる。

（そうだよな……桃香さんもそんなこと言ってたしな……）

彼女に童貞を捧げてから一週間が経っていた。

昨日、桃香が久しぶりに〈チカズ・フルーツカフェ〉を訪れてくれた。

もしかしたら二度と来てくれなくなるのではないかと心配していただけに、彼女の顔を見て慎二郎は安堵《あんど》の溜息をもらした。

「こんにちは」

「あ、どうも……」

眼が合った瞬間、お互いに激しく照れてりんごのように頬を赤くした。

千佳子に話を聞かれたくなかったので、慎二郎がワゴン車から出ていくと、

「この前はありがとうね」

桃香がまぶしげに眼を細めて言った。

「いいえ、こちらこそありがとうございます。一生の記念になりました」

慎二郎は深々と頭をさげた。言葉に嘘はなかった。できることならもう何度か相手をしてほしかったが、人妻の彼女が「一度限り」と宣言していた以上、こちらから誘うことはできない。

「ふふっ、それはわたしにとっても光栄なことよ。それにしても、やっぱり体は正直ね。あれから毎晩ぐっすり眠れるもの」

「そういうものなんですか？」

「そうよう。女の体はホルモンバランスがものすごく重要なんだから。欲求不満を溜

めこんでると、健康にもよくないの」

「はあ……」

だったらまた誘ってくださいという言葉を、ぐっと呑みこむ。と同時に、身近にいる欲求不満の人妻の健康状態が気になった。

以心伝心というやつだろうか、

「それよりさ……」

桃香は声をひそめてワゴン車の中の千佳子をチラリと見た。

「彼女、ずいぶん顔色悪いわね」

「そうなんですよ、この二、三日」

「欲求不満ね、あの顔は、相当溜めこんでる顔」

桃香は訳知り顔でうなずいた。

「やっぱりそうですか？」

「間違いないと思う。それどころか、いい加減堪忍袋《かんにんぶくろ》の緒が切れて、浮気でもしてるのかもしれない。わたしたちみたいな『一回限りのあやまち』じゃなくて、ドロドロの不倫かも……」

「脅かさないでくださいよ」

「本当よ。彼女、真面目そうだしね。火遊びなんかできないタイプでしょ？　そういう女が夫以外の男と寝たら怖いわよ」

「怖いって？」

「ドロドロの不倫の向こう側にあるのは、駆け落ち……心中……」

「まさか」

慎二郎は苦笑した。いくらなんでも、それは話が大げさだ。

「しかし、どうしたらいいんでしょうかね？」

今度は慎二郎が、ワゴン車の中の千佳子をチラリと見た。

「僕、本当に心配してるんですよ」

「わたしが見るに、まだ浮気の一歩手前で留まってる感じだから、あなたが欲求不満を解消してあげれば？」

「はあ？」

慎二郎は一瞬、虚《きょ》を衝《つ》かれた顔になった。

「冗談はやめてください。義姉《ねえ》さんは兄の奥さんなんですよ」

「あらあ、だからこそいいんじゃないの。考えてごらんなさい。彼女がよそで男をつくったりしたら、それこそ、不倫、駆け落ちコースまっしぐらよ。あれだけの美人だから、その気になったら男なんてよりどりみどりでしょうし。でもね、あなたなら別。さすがにダンナさんの弟と駆け落ちしようなんて思わないでしょうから、すっぱり割りきった体だけの関係を……」

「やめてくださいっ！」

慎二郎は頬をピクピクと痙攣させて桃香を制した。

「それ以上言わないでください……僕は兄嫁とどうこうなろうなんて、夢にも思ったことがないんです……義姉さんを好きだし、兄のことはもっと好きだから……それ以上言われたら、桃香さんのこと……清らかな童貞を捧げた桃香さんのこと、嫌いになっちゃうかもしれません……」

そう言って踵を返したものの、桃香の言葉は慎二郎の心の奥深いところに棘《とげ》のように刺さったままだった。

やはり、同性の眼から見ても、千佳子は欲求不満に見えるのだ。

なんとかしてあげたかった。

でなければドロドロの不倫劇のすえ、兄と別れることになるかもしれない。駆け落ち、心中は大げさでも、眼の前からいなくなってしまう可能性は大いにある。

絶対に嫌だった。

しかし、いったいどうすればいいのだろう？

自分になにができるのだろう？

とはいえ、浮気の相手をするのは論外だ。

妄想の中でならともかく、兄の女房を寝取るなんて、そんな恐ろしいことができるわけがない。


（あーあ、つまらん。ひとりってこんなにつまらないもんなんだな……）

ピンクのワゴン車を運転しながら、慎二郎はその日何十回目になるかわからない深い溜息をもらした。

いつもは売り場から売り場へクルマを走らせているだけで楽しいのだが、それは千佳子が一緒だからだ。義姉《あね》と他愛ないおしゃべりをするのが楽しいのだ。

彼女が休みとなると、道中もひとりなら、食事もひとり。淋しいにもほどがある。

ピンクのサンバイザーにピンクのネクタイという制服も、ひとりで着ているとまるで羞恥プレイだ。

おまけに、そういうときに限って想定外の事態が待ち受けているのが、世の常というものらしい。

〈チカズ・フルーツカフェ〉の巡回ルートの中では比較的都心にある、ある売り場にワゴン車を停めたときのことである。

そこはとても団地などとは呼べない、ハイソな高級住宅街にある低層マンション前の広場で、普段はそれほど客が来ないポイントだった。郊外の大規模マンションなどに比べると、住人の絶対数が少ないからだ。

なのにその日に限って、二十人以上の客がワゴン車の到着を待っていた。最初は自分の店の客とは思わなかった人たちが、クルマを停めるやいなやいっせいに押しかけてきて、慎二郎はてんやわんやの状態になった。

低層マンションの住人ではなく、評判を聞きつけてわざわざよそからやってきてくれた人たちのようだった。それ自体は嬉しいことだが、なにもひとりのときに来なくてもいいと思う。せめて団体にならず、バラバラで来てほしい。

「わたし、チョコバナナクレープ」

「すいません。今日はクレープ休みなんです」

「あら、どうして？」

「担当者が休みなんです、ごめんなさい！」

「フルーツタルトあといくつある？」

「ええーっと、バラが五つにホールが四つ……」

「じゃあそれ全部ちょうだい」

「いや、その……まだ後ろにお客さんいるんで、全部は勘弁してもらえますか」

慎二郎はほとんど泣きそうな顔で接客しなければならなかった。売っても売っても客の数が減らない。行列ができているとつい後ろに並びたくなるのが日本人の習性なのか、通りがかりの人たちまでが続々と集まってきてしまう。

（もうダメだ。こりゃあギブアップするしかない。こんな大勢の客、ひとりじゃとても捌《さば》ききれないよ……）

翻弄された慎二郎はパニックに陥り、いっそこの場から逃げだすしかないなどと考えていると、

「ねえねえ、お兄さん」

不意にワゴン車のドアがノックされ、女が声をかけてきた。

「忙しそうだから、わたし、手伝ってあげましょうか？」

「あっ、いや……えぇっ？」

慎二郎は咄嗟に言葉を返せなかった。

女の顔には見覚えがあった。この場所でよく買いに来てくれる常連客だ。

涙が出るほどありがたい申し出だったが、慎二郎はどうしていいかわからなかった。手伝ってもらえれば助かるけれど、指示を出す技量もないのだ。

すると女は、勝手にワゴン車の中に入ってきて、

「わたしが注文聞いてお会計するから、お兄さん、どんどん商品を出していって」

優美な笑顔を浮かべて言った。パニック状態の慎二郎を尻目に、やけにこなれた接客態度で次々に客を捌いていった。


「どうもありがとうございました。おかげで助かりました」

ようやく客足の引いたワゴン車の前で、慎二郎は女に深々と頭をさげた。

「いーえ、わたしケーキ屋さんでアルバイトしてたことあるんで、慣れてるんです」

「ああ、やっぱり」

「それに、〈チカズ・フルーツカフェ〉の大ファンだから、困ってるのを見過ごせなくて」

彼女は桜井《さくらい》麻理江《まりえ》と名乗った。

この低層マンションの住人で、年のころ三十二、三歳。おそらく専業主婦だろう。いつも昼間から散歩しているし、左手の薬指に大きなダイヤのエンゲージリングとシ

ンプルなマリッジリングを両方着けていた。

行列に翻弄されているときはそれどころではなかったけれど、よく見れば、眼を見張るような美人だった。

眼鼻立ちの整った顔はハーフのようで、長い睫毛とトロンとした眼つきが、エレガントな欧州貴族を彷彿とさせた。

サクランボのようにプリッと立体的な唇がセクシーで、髪型はゴージャスなウェービーヘア。服装もおしゃれだった。ニットやスカートに高級感があり、胸元や耳、指には宝石が光っている。都心の低層マンションに住んでいる主婦は、やはりお金持ちなのであろう。

「これ、手伝ってくれたお礼です。裸ですみませんが……」

慎二郎は千円札を二枚、折りたたんで渡した。手伝ってもらったのは三十分ほどなのでそれでも多いくらいだが、相手がハイソな人妻だと気がひける。

「いいのよ、そんな気を遣ってもらわなくて」

麻理江は受けとってくれなかった。

「こっちが勝手に手伝ったんだから、お金なんていいの」

「いやでも、それじゃあ僕の気持ちが収まりません」

「じゃあ、ひとつお願いを訊《き》いてもらえる？」

麻理江は悪戯っぽく微笑んで、人差し指を顔の前に立てた。エレガントな容姿をしているにもかかわらず、茶目っ気のある仕草がよく似合う人だった。

「これからまた移動して、別の場所で営業するのよね？」

「ええ、あと二カ所ほど」

「じゃあ、それを手伝わせてくれないかしら？」

「ええっ？」

慎二郎は苦笑して首をひねった。手伝ってくれたお礼がしたいと言ってるのに、さらに手伝わせてほしいとは、訳のわからない話である。

「実はね……」

麻理江はまだ、悪戯っぽく笑っている。

「わたし、このお店のスイーツも大好きなんだけど、制服はもっと好きなの。すごく可愛いでしょう？　ピンクのサンバイザーにピンクのワンピースで。だから、それを着て働いてみたいのね」

「……なるほど」

慎二郎はようやく腑《ふ》に落ちてうなずいた。

そういう気持ちは、わからないではない。慎二郎も高校時代、ガソリンスタンドの制服であるツナギが格好よく思えてアルバイトをしたことがあるし、某ファミリーレストランチェーンでは、メイドふうの制服目当てにアルバイト希望者が殺到しているという話を聞いたことがある。

それに……。

ハイソでセレブな麻理江が、ピンクの制服を着た姿を想像すると、ざわついた気持ちがこみあげてきた。

体にぴったりと密着する素材がボディラインを露わにし、途轍もなく淫らな光景が出現するのではあるまいか。

「ね、いいでしょ？　手伝わせてちょうだいよ」

麻理江がダダをこねる少女のように身をよじり、

「ちょっと待っててください」

慎二郎はワゴン車の荷物を確認した。

クリーニング店のビニール袋に入った制服が、すぐに見つかった。さすが何事にも準備を怠《おこた》らない義姉である。仕事中に汚してしまったときに備え、制服及びレギンスの予備をしっかり用意してあったのである。

ワゴン車にカーテンを引いて麻理江に着替えてもらった。

ドキドキの時間だった。

次の売り場でも行列ができているとは思えないので、麻理江に手伝ってもらう必要はあまりない。にもかかわらず申し出を受け入れてしまったのは、彼女のユニフォーム姿が見てみたかったからだ。それ以外に理由はなかった。

「どうかしら?」

恥ずかしそうにワゴン車から出てきた麻理江を見て、慎二郎は仰天した。

(おいおい、嘘だろ……)

麻理江が制服の下にレギンスを穿いてなかったからだ。

胸にロゴの入った制服のワンピースは極端なミニ丈だった。下にレギンスやスパッツ、あるいはジーンズを穿くことを念頭に入れてデザインされているから、大胆な超ミニなわけで、実際、千佳子はいつもそうしている。

ところが麻理江は、ナチュラルカラーのパンティストッキングは着けているものの、長い二本の脚をほとんど露出し、むっちりした太腿が半分以上見えていた。

「いや、あの、レギンスは?」

慎二郎は眼のやり場に困りながら言った。

「制服と一緒にクリーニングしたやつがあったでしょう？」

「あったけど……」

麻理江は危機感のまったく感じられない笑顔を浮かべた。

「これ、レギンスなんか穿かないほうがおしゃれじゃないかしら。レースクイーンみたいでカッコいいと思う」

脚を交差させたり、腰に手を置いたり、ポーズをつける。腰の位置が高く、脚が長いせいで、本物のレースクイーンのように決まっている。いや、三十過ぎの人妻レースクイーンなどあり得ないから、本物にはない濃厚な熟れた色香まで振りまいている。

「どう？　イケてるでしょう？」

麻理江がご満悦で言うと、

「いや、まあ……そうですね……」

慎二郎は苦笑してうなずくしかなかった。

(まあ、いいか。どうせワゴン車の中で作業するから、お客に脚なんて見られないし。カウンターが目隠しになって、パンチラだって無理だ……)

そう思い直し、麻理江を助手席に乗せてクルマを出発させた。

いきなり緊張の時間が訪れた。

ミニ丈すぎるワンピースの裾は、麻理江がシートに座っただけでずりあがり、いまにも太腿の付け根まで見えてしまいそうになった。

慎二郎は平常心を保つのに必死だった。

なにしろ麻理江の太腿は、人妻らしいむっちりと悩殺的な量感があって、おまけにストッキングがやたらとキラキラした光沢を放っていてまぶしいのだ。ともすればそこに視線を釘づけにされ、ハンドルを切り損ねてしまいそうになる。事故でも起こしたら大変なことになると思いつつ、いまにも拝めそうで拝めないパンチラに焦れたり息を呑んだり、気が気ではない。

クルマを停めたら停めたで、さらなる煩悩《ぼんのう》が襲いかかってきた。

「いらっしゃいませ。なにになさいますか？」

ケーキ屋でアルバイトの経験があるという麻理江は、接客態度にそつがなかった。そして予想通り、商品の受け渡しカウンターの下にある彼女の下半身が客の眼に触れることはなかったけれど、隣で働いている慎二郎には丸見えだった。

（た、たまらないよ……）

フルーツタルトを切ったり、商品を袋に詰めたりしつつも、慎二郎の視線は麻理江の下半身に釘づけだった。

　キラキラしたストッキングに包まれた太腿はもちろん、体にぴったりと貼りついた制服が艶めかしい丸みを帯びたヒップの形を露わにし、見れば見るほど口の中に唾液があふれてくる。

　千佳子より若干体が大きいから、制服の貼りつき具合もぴちぴちで、ヌードになったスタイルをありありと想像することができる。

　麻理江は腰の位置が高く、長くて綺麗なコンパスの持ち主だったが、バストやヒップはとりたてて大きなほうではない。

　それでも、滲みだす色香は千佳子以上かもしれなかった。

　身のこなしや表情が、なんとも言えずエッチなのだ。顔立ちは端整で、容姿はエレガントなのに、眼つきがトロンとしていてひどく無防備だから、そんなふうに思ってしまうのかもしれない。

（きっとすごいセックスするんだろうな。夫婦の寝室でも、シルクのシーツの上でしなをつくって、舌なめずりしながらおいでおいでとかしたりして……）

　とどめは小銭を落としてしゃがんだときだ。

「やだ、どこいっちゃったんだろう……」

チャリンという音が足元で鳴り、麻理江は狭いカウンター裏でしゃがみこんだ。

「いいですよ、あとで探しときますから」

慎二郎は言ったが、

「ダメよ。こういうのはその場できちんとしておかないと」

麻理江が言うので、窮屈なスペースに慎二郎もしゃがみこむと、

（……ぶっ！）

思わず鼻血が出そうなほどの衝撃的な光景が、眼の前にひろがっていた。

麻理江のスカートの中が見えたのだ。

それはいい。

スカートの丈が極端に短いのだから、しゃがめば中身が見えるかもしれず、慎二郎にしてもちょっとはパンチラを期待してしゃがみこんだところがあった。黒とかワインレッドの悩殺パンティが股間に食いこんでいる様子が、脳裏にチラついていた。

しかし、パンチラは拝めなかった。

麻理江がパンティを穿いていなかったからである。

拝めたのは、ナチュラルカラーのナイロンに透けた黒い草むら。パンスト直穿《じか》きによってハート型に押し潰された恥ずかしい繊毛が、慎二郎の眼を射った。

（嘘だろ……）

さすがに無表情を取り繕《つくろ》えず、呆然と眼を見開くと、

「やだ、見えちゃった？」

麻理江はトロンとした眼つきのまま笑い、おざなりに股間を手で隠した。

「この制服、体にぴったりフィットしてるから、パンティ穿いてると響いちゃうと思って……」

「ひ、響く？」

「お尻に線が透けちゃうこと。響かないデザインのパンティっていうのもあるんだけど、今日はわたし、そうじゃなかったから」

「そ、そうですか……」

慎二郎はひきつった苦笑を浮かべるしかなかった。

いくらパンティの線が透けそうだからといって、ノーパンでパンスト直穿きとは、いくらなんでも無防備すぎる。いや、エロすぎる。

その後、慎二郎は放心状態に陥り、機械のように仕事をするしかなかった。頭の中はナチュラルカラーのナイロンに押し潰され黒い茂みに占領され、遠くで桃香の声がリフレインしていた。

主婦っていうのは、みんな欲求不満なのよ……。

欲求不満なのよ……。

なのよ……。

なのよ……。

(ということは、麻理江さんもやっぱり、体が疼いてどうしようもなくて、ノーパンで俺のことを誘ってるのか？)

慎二郎の鼓動は乱れきっていた。

だいたい、パンティラインが透けることを恐れていながら、陰毛を透けさせているなんて本末転倒もいいところではないか。羞じらい深いのか見せるのが好きなのか、訳がわからない。

露出癖があるのか？

それとも、からかっているのか？

そんな悪戯で反応をうかがい、ベッドにでも誘ってくるつもりか？

考えれば考えるほど胸のドキドキがとまらなくなり、勃起をこらえることで精いっぱいな時間が続いた。

夕刻、郊外の大規模団地でその日最後の営業を終えた。

彼方まで並んだ同じ形の灰色の建物が、オレンジ色の夕焼けに染まっていく壮観な景色を眺めながら、慎二郎は自分の欲望もオレンジ色に燃えあがっているのを感じていた。

麻理江が欲求不満で、ベッドに誘っていることは間違いないように思われた。

思いこみかもしれないけれど、パンスト直穿きの股間を拝んで以来、麻理江の態度や表情はますます色っぽくなったような気がする。

この団地に来る途中の国道沿いに、ラブホテルがいくつかあった。お互いに見て見ぬふりをしていたけれど、意識していることは以心伝心で伝わってきた。

となると、あとはきっかけだ。

どうやってラブホテルに誘うかだ。

しかし、いかんせんつい一週間前まで童貞だった慎二郎には、女をスマートに誘う手練手管《てれんてくだ》がない。

（だからって、尻込みするなんてナンセンスだぞ。向こうだってやりたがってるに決まってるんだ。そうに違いないんだ。ここは男らしく、一発やらせてくださいってお願いすればいい。誠意をもって正面突破だ……）

おのれを奮い立たせ、

「あのう……」

夕焼けを眺めている麻理江に声をかけた。

「あっ、そろそろ行く？」

麻理江は笑顔で振り返った。ハーフのようにエレガントな美貌が、夕陽を浴びてピンク色に輝いている。

「ええ、そうですね……」

慎二郎は麻理江の顔立ちの美しさに、あらためて気圧された。

「でも、お腹すかない？」

麻理江が言った。

「はあ、そういえば……」

「じゃあ、あそこにハンバーガー屋さんがあるから食べましょうよ。ちょうど夕焼けが綺麗だし、公園の中で」

その団地には大きな森林公園が隣接していた。慎二郎はとくに空腹を感じていたわけではなかったが、ひとまずダッシュでハンバーガーを買いにいった。

(麻理江さん、どういうつもりだろう？　まだ家に帰らなくていいから食べたいのか、それとも食べたらお疲れさまになっちゃうのか……）

前者であってくれることを祈りながら、公園に入った。

ふたりで肩を並べて歩いていると、行き交う人たちに例外なく視線を向けられた。笑いながらこちらを指差してくる子供たちまでいた。ふたりともピンク色のサンバイザーを被り、ピンク色の制服を着たままだったからである。

「なんだか恥ずかしいですね」

慎二郎が苦笑すると、

「あっちに行きましょう。あんまり人がいなさそうだから」

麻理江は公園の奥へ奥へと歩を進めた。

花の季節は終わっていた。

園内には桜並木があったけれど、ほとんどが葉桜だった。名残を惜しむように、一片、二片の花びらがひらひらと宙を舞っている。その風が妙に生暖かいことが、季節の移り変わりをなによりも雄弁に語っていた。

ようやくベンチを見つけて並んで腰をおろした。

「夕焼け、終わっちゃいましたね」

ハンバーガーを渡しながら、慎二郎は苦笑した。けっこう歩いたせいだろう。先ほどまで燃えるようなオレンジ色だった空が、墨を流しこんだように暗くなっている。

「残念ね。でも暗い公園っていうのも悪くはないんじゃない？」

麻理江は意味ありげに言うと、ハンバーガーを包装紙から出した。バンズもパティもキングサイズで知られるハンバーガーだったが、顎がはずれそうなほど大きく口を開いて、躊躇《ためら》うことなくかぶりついた。

（ええええっ……）

ガブッと音が聞こえてきそうな麻理江の食べ方に、慎二郎は度肝を抜かれた。小学生の子供ならともかく、彼女はエレガントな三十路の人妻である。

慎二郎の視線に気づいたのだろう、

「どうしたの？」

麻理江がキョトンとした顔で言った。

「ハンバーガーはこうやって頬張るのがいちばんおいしい食べ方なのよ。体裁《ていさい》なんて気にしちゃダメ」

口のまわりにソースがつくのもかまわずにかぶりつき、もぐもぐ食べては舌を伸ばして唇のソースを拭う。

（エロい食べ方だな、なんか……）

慎二郎は横眼で凝視してしまった。サクランボのようなプリプリした唇が、ハンバーガーのソースに染まっていく。それがピンク色の舌でペロッと舐められる。肉食系の野蛮な食べ方が逆に、女らしさを際立たせるようだ。

（よーし、それじゃあ俺も肉食系でいこう……）

慎二郎は美女に負けじとハンバーガーにかぶりついた。手を汚さないための包装紙なんてシャラくさいものは捨ててしまい、両手でバンズを握りしめて大きく口を開いた。口のまわりが汚れるのもかまわず、野獣となってムシャムシャとむさぼった。

「ふふっ、それはちょっとやり過ぎかな」

麻理江が笑って、慎二郎に手を伸ばしてきた。口のまわりについたソースを指で拭い、その指を舐めてまた笑う。

（な、なんてことしてくれるんだよ……）

慎二郎の息はとまった。麻理江は「ふふふっ」と笑いながら、さらに二度、三度と慎二郎の口のまわりのソースを指で拭っては、その指を舐め、

「もう！　紙に包んで食べないから、手がベトベトになってるじゃない」

と慎二郎の指まで舐めてきた。

プリプリしたサクランボのような唇に指を咥え、ねろり、ねろり、と出し入れした。

そうしつつ上目遣いで慎二郎を見てくる。

(こここ、これはフェラ顔じゃないか！　チ×ポをナメナメするときと同じ顔じゃないかよおおーっ！)

慎二郎は呆然としつつ、胸底で絶叫した。

さらに、である。

こちらに少し身を乗りだしてきたことによって、ワンピースの裾がひときわ派手にずりあがった。元より超ミニ丈だから、太腿の付け根が見えそうだった。

(おいおい、見えちゃうよ！　マン毛が見えちゃうよ！)

息を呑む慎二郎を嘲笑《あざわら》うかのように、裾はさらにずりあがっていく。ナチュラルカラーのナイロンに押し潰され、ハート型になった黒い草むらが顔をのぞかせ、慎二郎の心臓は跳ねあがった。

「ねえ？」

けれども麻理江は、ずりあがった裾などかまいもせずに言った。

「わたしの口のまわりも綺麗にして」

顎をあげ、サクランボのような唇を差しだしてくる。あたりはもうほとんど薄闇だった。ハンバーガーの油にまみれた麻理江の唇だけがヌラヌラと輝いていた。

「えっ？　綺麗に？　口のまわりを？」

慎二郎は興奮のあまり、思考回路がショートしていた。阿呆《あほう》のように口を開いた間抜け顔で、言われるがままに手指を伸ばしていくと、

「違うでしょ」

麻理江は瞼を半分落とした妖しい顔で制した。

「男なら、指じゃなくて舌で拭ってほしいな。嫌ならいいけど……」

言いながらもじもじと身をよじったので、ワンピースの裾がさらにずりあがった。陰毛や太腿の付け根はおろか、尻の丸みまで見えてしまう。

「嫌なんて……嫌なことはないですよ！」

慎二郎はもはや、なにがなんだかわからなかった。まるで催眠術にかかったように、三十路の人妻の誘惑の魔の手に堕《お》ちていった。たしかなのはただ、ズボンの中のイチモツが痛いくらいに勃起しきって、恥ずかしいほど男のテントを張っていることだけである。

「失礼します」

眼を血走らせて、麻理江に顔を近づけていった。こわばった舌をおずおずと差しだし、口のまわりを少し舐めた。

自分のハンバーガーより、ずっとおいしい味がした。美女の顔に付着すると、ファストフードのハンバーガーソースも、三つ星レストランの味わいになるらしい。と同時に、化粧品の匂いや甘い吐息の芳香が鼻腔に流れこんできて、泣きたくなるほど興奮してしまう。

「こっちも綺麗にして」

麻理江が悪戯っぽく唇を尖らせる。見れば見るほど、卑猥な形をした唇だった。プリッと立体感があり、ぽってりと肉厚でたまらなく弾力がありそうだ。

その唇を舐めた。

瞬間、頭の中が真っ白になった。ホワイトアウトした景色の中で、花火がドンドン、パンパンとはじけ飛ぶ。

「うんんっ……ぅんんんっ……」

気がつけば、ぴったりと唇を重ね、むさぼるようなキスをしていた。麻理江が口を開いてくれると、ハンバーガーの味がしなくなるまで、取り憑《つ》かれたように舌をしゃぶりまわしていった。

キスの興奮からすこし冷静になって、まわりを見まわすと、ベンチの後ろは林になっていた。

人通りはまったくなかったが、口づけより先に進むなら、やはり物陰に隠れたいと思うのが人間の本能なのだろう。

たっぷりと舌を吸いあい、頬を欲情に赤らめたふたりは、どちらからともなく立ちあがり、手に手を取りあって林に向かった。

（まったく信じられないよ……なんなんだ、この展開は……）

慎二郎は大木を背にして立っていた。

その足元では、麻理江がしゃがみこんでいる。夜闇にカチャカチャと淫靡な金属音を響かせてベルトをはずし、ズボンのファスナーをさげた。ブリーフごとズボンをめくりおろして、硬く勃起しきったペニスを取りだした。

「いつからエッチなこと考えてたの？」

麻理江がサンバイザーを取りながら言う。ポニーテイルに束ねていた髪を下ろし、ゴージャスなウェービーヘアを解き放つ。揺れる髪から、むせるような女の匂いが漂ってくる。

「ねえ、いつから？」

「そ、それは……ま、麻理江さんが……制服を着てからでしょうか……」

慎二郎がおずおずと答えると、

「ふふっ、やっぱり」

麻理江は満足げに笑った。噛みしめるようにうなずきながら、はちきれんばかりに膨らんだペニスの根元に指をからませてくる。

「むううっ……」

慎二郎は首に筋を浮かべて伸びあがった。

「わたしもね、この制服着た瞬間、超エッチな気分になっちゃった。この制服のデザインを考えた人って、すごくエッチな人なんじゃないかしら。着るだけでこんなにいやらしい気分になっちゃうなんて……」

言いながら麻理江は、ペニスの根元をすりすりとしごきたててきた。いやらしすぎる手つきだった。たちまち、先端から熱い粘液が噴きこぼれ、包皮に流れこんでニチャニチャと卑猥な音をたてた。

「ああんっ、すごい涎が出てきた……」

麻理江が舌を尖らせ、鈴口をチロチロと舐めてくる。

「むむむっ……」

慎二郎は激しい眩暈を覚えた。

舌は柔らかく生温かいのに、ペニスの芯に痛みにも似た快美感が走り抜けていく。まるで尿道を電気が流れていく感じで、身をよじらずにはいられない。

「おいしい……すごく濃い味がする……」

麻理江は上目遣いで慎二郎を見上げ、舌なめずりをした。眼つきがトロンとしているのに、肉食系の欲望がひしひしと伝わってきて、慎二郎は期待と不安で身震いがとまらなくなった。

「早くしゃぶってほしい？」

麻理江は意地悪げに言いながら、鈴口や亀頭の裏を、チロチロ、チロチロ、と軽いタッチで刺激してくる。

「ううっ……お、お願いします……」

慎二郎が身をよじりながら声を絞ると、麻理江は急に冷たい表情になった。

「そんなおざなりな言い方じゃダメ」

「ええっ？」

「わたしだってね、舐めるのは嫌いじゃないの。むしろ好き。オチ×チン舐められて悶えてる、男の人の顔を見るが大好き。でもね……女はフェラ・マシーンじゃないの。いつでもどこでも舐めてもらえると思ったら大間違い。舐めてほしいなら舐めてほしいって、心からお願いしないとダメなのよ」

慎二郎は一瞬、麻理江がなにを言っているのかわからなかった。いつでもどこでもなどと言われても、彼女と親しくなったのはほんの数時間前のことなのである。

(んっ？　もしかすると……)

慎二郎のことを言っているのではなく、遠まわしに夫婦生活の不満をもらしているのかもしれないと思った。

彼女も千佳子や桃香同様、夫にフェラチオばかりを求められて淋しい思いをしているのではないか――そう考えると腑に落ちた。

きっと、世の男たちはかくもフェラチオが好きということだろう。

もちろん慎二郎も例外ではなかった。

「な、舐めてください……」

鈴口からタラタラと先走り液を漏らしつつ、必死になって哀願した。

「そのサクランボみたな素敵な唇で、僕のチ×ポを舐めてください……ああっ、さっき指を舐められただけで僕は昇天しちゃいそうだったんです……こんなに肉厚な唇でチ×ポをしゃぶられたらと思っただけで、もう……」

いささか芝居がかった言い方だったが、麻理江はお気に召してくれたらしい。

「本当？」

拗ねていた少女が機嫌を直すときの眼つきになった。

「わたしの唇、そんなに素敵？」

「素敵です。もちろん、他のところも素敵ですけど、唇がとくに……唇美人っていうのは、麻理江さんのためにある言葉です」

「ふふっ、わたしもね、唇だけにはちょっと自信があるの」

サクランボに似た唇がＯの字に割りひろげられ、

「……ぅんあっ！」

亀頭をずっぽりと咥えこんだ。

「むううっ！」

敏感な部分を生温かい口内粘膜で包みこまれた衝撃に、慎二郎の体はしたたかにのけぞった。大木を背にしていなければ、後ろに倒れていたかもしれない。それほど痛烈な快美感が襲いかかってきたのだった。

「ぅんんっ……ぅんぐぐっ……」

そんな慎二郎のリアクションを上目遣いで満足げに眺めながら、麻理江はペニスを舐めしゃぶりはじめた。美形なだけにペニスを咥えて歪んだ表情が途轍もなくいやらしいことになっていたが、襲いかかってきた快感もすごかった。

「むむっ……むむむっ……」

慎二郎の顔はみるみる火を噴きそうなほど熱くなっていった。

口に含まれたのは亀頭部だけだから、それほど深く咥えこまれたわけではない。むしろ控えめな、浅い咥え方だったと言っていい。

しかし、口内で生温かい舌が自在に動く。ねろり、ねろり、と淫らがましく蠢いて、亀頭の表面を這いまわる。

と同時に、プリプリした唇がカリのくびれをぴっちりと包みこんで、キュッキュと絞りあげてきた。唇の裏側は、表面よりずっとなめらかでつるつるした感触がした。そこで執拗にカリのくびれをこすられると、慎二郎は両膝の震えがとまらなくなってしまった。

(す、すげえ……見た目だけじゃなくて、なんてエロい唇なんだよ……)

思った通りのことを口にすれば麻理江に喜んでもらえるはずだったが、もはや褒め称える余裕がなかった。ただ呆然と立ちすくみ、おのが男根をねちっこくしゃぶりまわす舌と唇の虜になっていた。

「ねえ、わたしの口の中ですごく硬くなってきたよ」

麻理江が根元をしごきながらささやく。口のまわりまで唾液に濡らした顔が、呆れるほどに淫らである。

「もっと硬くしてほしい？」

「ほ、ほしいです！」

慎二郎が涙眼で訴えると、

「じゃあしてあげるけど、出したら絶対ダメよ」

麻理江は濡れた唇に淫靡な笑みを浮かべて、再びペニスを咥えこんだ。今度は亀頭部だけではなかった。うぐうぐと鼻奥で悶え、頭を小刻みに前後させながら、根元まで深々と咥えこんだ。

（す、すげえっ……）

慎二郎は体が弓なりに反り返っていくのに抗《あらが》い、必死になって麻理江の顔を見下ろさなければならなかった。体は快感を感じて反ろうとするが、麻理江の顔から眼が離せない。

もじゃもじゃした自分の陰毛に、端整な顔が埋まっていた。そそり勃《た》った男根で、ハーフのような美貌を貫いている実感がたしかにあった。

それでも麻理江は、余裕すら漂わせて下から見上げてくる。せつなげに眉根を寄せつつも、さらに奥へ奥へと咥えこんでいく。根元を唇でぐいぐい締めあげては、喉奥で亀頭をキュッキュと絞ってくる。

（こ、これはっ……なんだこれはっ……）

慎二郎は仰天してしまった。喉の奥まで自在にコントロールできるとは、すさまじいばかりのフェラチオ・テクニックである。

「うんぐぐっ……んんんっ……」

麻理江はずずっとペニスを口から抜き、表面が唾液で濡れ光っている様《さま》を誇示してきた。そして再び咥えこんでくる。

最初はゆっくりと抜き、ゆっくりと呑みこんでいたが、次第に抜くときに勢いをつけ、したたかに吸いしゃぶってきた。双頰をべっこりへこませていやらしすぎる顔で、唇の裏のつるつるした部分を、根元からカリのくびれまでスライドさせる。

「むううっ……むうううっ……」

唇が肉棒の上をすべるたびに、慎二郎は魂を抜かれるような衝撃的な快感に翻弄された。つるつるとなめらかな唇の裏側がカリのくびれに届くと、まるで急所をいじられた女のように身をよじり、地団駄まで踏んでしまった。唇の吸引力があまりに強すぎて、ともすれば強引に男の精を吸いだされてしまいそうだった。

「や、やばいですっ……そんなにしたら、やばいですってっ……」

慎二郎はもはや、情けない声をもらすのをこらえきれなかった。

両膝がガクガクと震えて、立っていることもつらい。麻理江の唇の吸引力は強まっていく一方で、いまにも射精に導かれてしまいそうだった。硬く勃起したペニスの芯が疼きに疼き、目頭が熱くなってくる。

「お願いしますっ……ホ、ホントにっ……ホントに出るうううっ……」

「……んあっ！」

ようやく麻理江が口唇からペニスを抜いてくれた。

「ダメよ、まだ出したら……」

唇に気怠《けだる》げな笑みを浮かべ、

「そういう約束、最初にしたじゃない？」

唾液まみれの男根を指先でシコシコとしごかれる。

「おおおおおっ……」

舌や唇とは違う痛烈な刺激に、慎二郎は激しくのけぞった。

「ふふっ、でも、わたしももう、我慢できなくなっちゃった……」

麻理江は立ちあがって身を寄せてきた。ピンクのミニのワンピースに包まれた全身から、発情した牝のフェロモンが漂ってきた。気怠げな表情とは裏腹に、生々しいほどの欲情が伝わってくる。

「触って」

ワンピースの裾を両手でつまみあげる。

(うわあっ！)

あまりに大胆な振る舞いに慎二郎が驚くのもかまわず、麻理江はワンピースの裾をウエストまで持ちあげて、パンスト直穿きの下半身を露わにした。

慎二郎の視線は否応もなく、ナチュラルカラーのナイロンに透けるハート型の草むらに吸い寄せられた。

「ねえ、触ってみて。わたしがどうなってるのか、自分の手で確認して」

「は、はい……」

慎二郎はこわばった顔でうなずき、右手をおずおずと麻理江の股間に伸ばしていった。手のひらを上を向けて、両脚の間に中指を忍びこませた。

ぐっしょりだった。

ざらついたナイロン越しにも、麻理江の女の部分がむんむんと熱気を放っているのがわかった。熱く疼いて濡れまみれ、刺激を求めていることが生々しく伝わってきた。

ざらついたナイロンに包まれていることによって、生身以上にいやらしい触り心地になっているのかもしれなかった。

「あんっ……」

麻理江がせつなげに眉根を寄せて悶える。

「か、感じちゃうわっ……パンティを着けてるより、ずっと……」

みるみる潤んでいく麻理江の瞳に、慎二郎は息を呑んだ。

(これなのか？　ノーパンの本当の理由は、パンティラインを透けさせないためなんかじゃなくて、こうやって触られたいからなのか？)

たしかに、パンスト直穿きで性器をいじられるのは刺激的かもしれない。

ねちねちと指を動かすと、

「んんんんっ……」

麻理江は身悶えながら慎二郎の首に両手をまわし、甘い吐息を顔に吹きかけてきた。いまにも落ちてしまいそうな長い睫毛の奥から、妖しく蕩けきった瞳を向けられると、慎二郎の指先にも力がこもっていく。

(まったくいやらしい人だ……こんな格好で誘惑してきて……フェラでこんなに濡らしちゃって……まるで痴女じゃないかよ……)

湿り気を帯びたナイロン越しに淫らな熱気を放つ柔肉を、ねちっこい指使いでいじりまわしていく。指に眼があり、舌があるような動かし方で、ぐにぐにした感触を味わい尽くそうとする。

「くぅうっ……」

麻理江が首に筋を浮かべた。

「ね、ねえ……わたしもう、我慢できない……どうやってしようか？　抱きあって前から？　それとも後ろから？　どっちがいい？」

「そ、それは……」

一週間前に童貞を失ったばかりの慎二郎には、にわかに判断できなかった。対面立位も立ちバックも、どちらも扇情的な体位だが、どちらも経験がない。どちらもひどく燃えそうだが、どちらも結合の難易度が高そうである。

そのときだった。

人の気配がして、慎二郎と麻理江はハッと身をすくめた。

ふたり一緒に、気配がしたほうに視線を向ける。

先ほどまで自分たちが座っていたベンチに、若いカップルが腰をおろしたところだった。服装から判断すると、大学生ふうだ。

　慎二郎たちは林の中に隠れているので、向こうからこちらは見えないはずだった。逆にベンチの真上には外灯があるから、こちらから向こうは丸見えだ。

　彼らが自分たちの存在に気づいていないことに安堵し、慎二郎と麻理江は眼を見合わせて息をついた。

　一方、若いカップルは、ベンチに腰をおろすやいなや、唾液を啜りあう音が聞こえてくるほど濃厚なディープキスを開始した。むさぼるように舌を吸いあいながら、お互いの体をまさぐりだした。

（おいおい、少しは見られてることを警戒しろよ……）

　慎二郎は若いカップルに胸底で突っこんだ。生暖かい夜風が吹く春の宵、考えることはどの男女も同じなのか。あるいは、こんな夜に盛《さか》りたくなるのは動物の本能なのかもしれない。

「ねえ、ちょっと……」

　麻理江が眼顔で指した林の奥に視線を向けると、他にも二、三組のカップルが木陰で愛撫を交わしていた。

　まったく、若いカップルのことを笑えない。

　麻理江の超絶フェラに翻弄されるあまり、あたりに同じ目的の人たちが集《つど》ってきたことに気づかなかったのである。

「やだ。もしかしてここ、そういう場所なのかしら。野外プレイが好きな人たちが集まるような……」

眉をひそめて言いつつも、麻理江は他のカップルに興味津々の様子だった。

さすがに全裸になっている者はいなかったが、はだけたブラウスから乳房をこぼしている女はいた。スカートをまくられ、パンティ丸出しで尻を撫でまわされている女もいる。仁王立ちになって男根を反り返らせ、フェラを施されている……つまり、先ほどまでの慎二郎とまったく同じ状況の男もいた。

「まいりましたね」

慎二郎は麻理江の耳元でささやいた。

「こんなところでしてたら、こっちも見られちゃいますよ。行きますか？」

「そ、そうね……」

うなずきつつも、麻理江の足はその場に根が生えてしまったようだった。周囲のカップルからカップルへ視線を動かしながら身をよじり、左右の太腿で慎二郎の右手をぎゅっと挟んでくる。逃がさないわよ、というように……。

（どうするんだよ？　行かないのか？）

逡巡しているうちに、カップルのひと組が性器を繋げた。立ちバックだった。女の両手を樹木につかせ、男が後ろからずんずんと突きあげていく。

「あぅうっ……いいいっ……」

生暖かい春の夜風に乗って、くぐもった悲鳴が聞こえてきた。

あたりのカップルたちにも行き渡ったのだろう。

まるでそれが合図だったかのように、ある者たちは対面立位で、ある者たちは立ちバックで、それぞれ体を繋げはじめた。つい先ほど来たばかりであるベンチのカップルまで、対面座位で抱きあい、結合の歓喜に身震いしている。

「もういいわ、ここでしましょう……」

麻理江はむっちりした太腿を激しくこすりあわせながら言った。間に挟まれている慎二郎の右手に、湿った熱気がむんむんと伝わってくる。

「どうせみんな、自分のことに夢中で、人のことなんか気にしてないわよ。見られっこないから心配する必要ないわ……」

まるで自分に言い聞かせているようだった。本心は、ただ我慢ができなくなっただけなのだろう。

「くぅうっ……」「ああんっ……」と切れぎれに聞こえてくる淫らな嬌声《きょうせい》が、熟れた性感をもつ三十路の人妻を、いても立ってもいられなくしてしまったようだ。

「後ろから、ちょうだい……」

麻理江は抱擁をとくと、大木に両手をついて尻を突きだしてきた。

「ストッキング、破っちゃっていいから……」

「は、はいっ……」

慎二郎はうなずき、ごくりと生唾を呑みこんだ。ワンピースの裾はまくられたままだった。光沢のあるナイロンが丸みを帯びた尻の双丘をぴったりと包みこんでいて、それが突きだされた光景は、身震いを誘うほどいやらしかった。

おまけにパンストを破っていいというお許しまで出た。

一瞬、まわりから聞こえてくる淫らな嬌声が消えてしまうほど興奮し、今日麻理江と知り合えた幸運に心から感謝した。

(たまらないよ。直穿きのパンストを破れるなんて……)

鼓動を乱しながら、極薄のナイロンを両手でつまみあげた。センターシームに沿ってビリビリと破ると、むわりっと獣じみた匂いがたちこめてきた。男の欲情を揺さぶる発情のフェロモンだ。慎二郎はくんくんと鼻を鳴らして匂いを嗅ぎながら、麻理江の尻に腰を寄せていった。

（どうやって……入れるんだろう？）

眼下に見えるのは月にも似た丸い尻丘がふたつで、結合部がよくわからない。桃割れの間にあるはずの、穴の位置の見当がつかない。経験のなさが躊躇いを呼び、動けずにいると、

「ああんっ、早くっ……」

麻理江が両脚の間から手を伸ばし、勃起しきったペニスをつかんだ。まだフェラの唾液でベトベトに濡れているそれを、女の割れ目に導いてくれた。

助かった。

けれども、女の花園はペニスよりもっと濡れていて、貝肉質の粘膜に亀頭がぬるりとこすれると、

「むむむうっ……」

それだけで慎二郎は身をよじりたくなるほどの快感を覚え、うめき声をもらしてしまった。

麻理江が振り返り、

「ああっ、早くっ……早くちょうだいっ……」

と切羽つまった顔で急《せ》かしてくる。

慎二郎自身も、一刻も早く結合したくてしようがなかった。ぬるりとこすれた向こう側にある女肉の味を想像すると、いても立ってもいられなくなり、全身の血が沸騰するほど興奮が高まっていった。

「い、いきます……」

意を決し、ぐいっと腰を前に送りだしていく。

麻理江の導いてくれた場所は正確だった。ただまっすぐに押しこんだだけで、濡れた肉壺の中にずぶずぶと入っていくことができた。

「んんっ！　んんんっ……」

麻理江が悶えて身をよじる。右に左に尻を振られ、狙いが定められなくなったので、慎二郎はあわてて麻理江の腰をつかみ、ずんっと最奥を突きあげた。

「くぅ、くぅううぅーっ！」

麻理江が衝撃にのけぞり、ガクガク、ブルブル、と身震いする。

（入ってる……入ってるぞ……）

慎二郎も真っ赤な顔で全身を震わせた。

無数の蛭《ひる》のような肉ひだが、ぴたっ、ぴたっ、とペニスに吸いついてくる。

結合の感触を確かめるために、そうっと腰を引いてみた。

ずちゅっ、と汁気の多い音がたち、生々しい快美感がペニスに訪れた。

(た、たまんねええ……)

うまく動ける自信はなかったけれど、頭の中に立ちバックで腰を振るＡＶ男優を思い浮かべながら、もう一度ゆっくりと入り直した。ゆっくりと抜いて、ゆっくりと入っていく。

「んんんんっ……くぅうううぅっ……」

濡れた肉壺を搔《か》き混ぜられ、麻理江がくぐもった声をもらす。

「むうっ……むううっ……」

慎二郎は鼻息も荒く腰を使った。ぎこちないながらもピストン運動らしくなってくると、抜き差しのピッチをじわじわとあげていった。

騎乗位で下から突きあげたときに比べ、ずっと自由に腰を動かせた。

ぬんちゃっ、ぬんちゃっ、という肉ずれ音を、自分がたてている実感があった。

一週間前まで童貞で、ひとりの女と一回の情事しか経験がない慎二郎にとって、自由な腰の動きはまるで、天空を駆けめぐる翼を与えられたようなものだった。

ぐいぐいと律動を送りこんでいけば、

「ああっ、いいっ！　いいわあっ！」

麻理江が艶やかな声をあげ、身をよじって応えてくれる。女をよがらせているという実感が、慎二郎に余裕を与えた。くびれた腰をつかんでいた両手を、心のままに動かしてみた。

丸い尻の双丘を、撫でた。

パンティストッキングは股のところだけを破ったので、極薄のナイロンに包まれていた。ざらついたナイロンの感触と、卑猥なほど丸いヒップとのいやらしすぎるハーモニーに息を呑んだ。

太腿も触ってみる。

弾力のある尻肉とは違い、腿肉はむっちりと張りがあるのに指を食いこませると蕩けるように柔らかく、搗《つ》きたての餅《もち》のようだった。ぐいぐいと指を動かし、揉みしだかずにはいられない。

「はぁううーっ！　突いてっ……もっと突いてえええーっ！」

耳に飛びこんできたのは、麻理江の声ではなかった。

十メートルほど先の木陰で、切り株に手をついて後ろから犯されている女の声だった。

女はセーターをまくりあげられ、双乳を丸出しにされていた。豊かにこぼれた肉の房を、後ろからむぎゅむぎゅと揉みしだかれていた。

相手の男は、野外性交の上級者なのかもしれない。ずいぶんと余裕があった。

パンパンッ、パンパンッ、と音をたてて女を責めたてながら、双乳もたっぷり可愛がっている。

慎二郎は気になってつい熱い視線を送ってしまった。

男の顔は薄闇に隠れて見えなかったけれど、慎二郎の羨望のまなざしに気づいたのだろう。口許でニッと笑った。薄闇の中どうしてそれがわかったかと言えば、こぼれた歯が月光を浴びて白く光ったからだった。

(よーし、こっちだって負けるもんか……)

牡《おす》の闘争本能に火をつけられた慎二郎は、麻理江のワンピースを上半身までずりあげた。燃えるようなワインレッドのブラジャーが露わになり、興奮のままにホックをはずした。両手を伸ばし、カップの下から双乳をすくいあげた。

「あああああっ……」

ぐいぐいと乳房を揉みこむと、麻理江は髪を振り乱して悶絶した。

相当感じているらしい。

身をよじって悶えながらも、ぐりぐりと尻を押しつけてくる。

一ミリでも二ミリでも、性器の結合を深めようとする態度が、浅ましくも可愛らしい。

尖ってきた左右の乳首をきゅうっとひねりあげると、

「はぁおおおおおおーっ！」

麻理江はこらえきれなくなり甲高い悲鳴を上げ、あわてて振り返って、口をパクパクさせた。

ここは野外だった。しかもまわりに人がいる。さすがの彼女も、手放しでよがるのは躊躇われたらしい。

声をこらえるために、口づけをしてくれと求めている。

「……ぅんんっ！」

慎二郎は唇を重ねた。

「ぅんんっ……ぅんんんっ……」

不自由な体勢で舌をからめあうディープキスは激情の発露《はつろ》のようで、すればするほど欲情が燃えあがっていった。

口を吸いあいながら、慎二郎はまわりの様子をうかがった。

どのカップルも、声を出すことを躊躇っていなかった。

いや、女のほうは必死に声をこらえようと、唇を嚙んだり、樹木の皮を掻き毟ったりしているのだが、男はおかまいなしに突きあげて、女からいやらしい声を絞りとろうとしている。

気持ちはよく理解できた。

慎二郎も麻理江をよがり泣かせたかった。できることなら、ここで盛っているどの女よりも派手に泣かせて、艶やかな悲鳴を絞りとりたい。

自分でも不思議だった。

一週間前まで童貞だった自分が、なぜそんな大それた考えに取り憑かれてしまったのか、明確な理由は示せない。ただ本能が体を突き動かす。こみあげてくる欲望が、意志を超えて行動を司《つかさど》る。

「もっと声を出してくださいよ」

慎二郎はそうささやくと口づけをといて、くびれた腰を両手でつかんだ。麻理江の素肌はつるつるとなめらかだったが、腰までパンストに包まれていたから、ざらついたナイロンがすべりどめになってくれそうだった。

「いやっ……やめてっ……恥ずかしいっ……」

麻理江は美貌をくしゃくしゃに歪めたが、慎二郎はかまわずピストン運動のピッチをあげた。

「はっ、はぁうううううーっ！」

麻理江が甲高い悲鳴をあげ、

「むううっ！　むううっ！」

慎二郎は火を噴くような鼻息をもらしながら、連打を放った。

腰使いのコツは、しだいにつかめてきた。

パンパンッ、パンパンッ、と尻肉をはじき、はちきれんばかりに勃起した肉棒で濡れた女肉を貫いた。

「ああっ、ダメッ……ダメようっ……そんなにしたらっ……」

麻理江が焦った声をあげたが、慎二郎の腰の動きはとまらなかった。覚えたての腰使いを我がものにしようと、夢中になって勃起しきった肉棒を抜き差しする。

「ああっ、いやっ……いやあああっ……」

ずちゅっ、ぐちゅっ、ずちゅっ、ぐちゅっ、と肉と肉とがこすれあうほどに、麻理江の尻の桃割れから獣じみた匂いがたちこめてくる。春の生暖かい夜風とともに鼻奥まで吸いこめば、体の内側からエネルギーがみなぎっていく。

しかし……。

童貞に毛が生えた程度の経験では、さすがにそこまでが限界だった。腰の裏側がざわめき、硬く勃起したペニスの芯が甘く疼きだすと、どうしようもなかった。

(や、やばいっ……)

射精欲をコントロールできなかった。こみあげてくる切迫感に体を預け、つんのめるようにフィニッシュの連打に雪崩《なだれ》こんでいく。

「おおおっ……出ますっ……もう出ちゃいますっ……」

慎二郎が情けない声をあげると、

「ああっ、出してっ……」

麻理江は濡れた瞳で振り返り、V字にひろげた両脚を踏ん張った。

「たくさん出してっ……中にかけてっ……熱いザーメン、麻理江の中にたくさんぶちまけてええええーっ！」

「おおおおおっ……」

慎二郎はこみあげてくる歓喜の激しさにぎゅっと眼をつぶった。

「おうおうっ……出ますっ……もう出ますっ……おおおおおおおおーっ！」

夜闇の林に雄叫《おたけ》びを響かせて、最後の楔《くさび》を打ちこんだ。

ずんっ、と最奥まで入りこんだ瞬間、下半身で爆発が起こった。

煮えたぎる欲望のエキスが、ペニスの芯を駆けくだり、ドピュッと噴射した。突きだされた麻理江の尻のいちばん深いところに、マグマにも似た男の精をドクドクと注ぎこんでいく。

「はぁあああああーっ！　イッ、イクッ！　わたしもイッちゃううううううーっ！」

射精で暴れだした男根が、麻理江をも追いつめた。

「イクイクイクイクッ……はぅううううううううーっ！」

大木にすがりつきながら激しく身をよじり、体中の肉を淫らがましく痙攣させて、オルガスムスに駆けのぼっていった。

（すげえ……これが……これが女の絶頂か……）

濡れた肉ひだに射精中の男根をぎゅうぎゅうと締めあげられ、慎二郎は唸《うな》った。

桃香との童貞喪失劇では、さすがに彼女を絶頂まで導けなかったようだ。気持ちよさそうな悲鳴をあげてはいたが、オルガスムスには至らなかったのだろう。

しかし、今回は違う。

いまペニスで感じているのが女のオルガスムスなら、そうに違いなかった。

衝撃的な快感だった。

ドクンッ、ドクンッ、と男の精を吐きだすたびに、性器と性器が一体化していくような甘美な錯覚が訪れた。

出しても出しても射精は続き、オナニーならとっくにしごくのをやめている回数を吐きだしても、浅ましいまでに腰をひねって、麻理江を突きあげることをやめることができなかった。

第四章　禁断の果実

（いったい、なんだったんだろうな……）

慎二郎は自宅マンションの狭苦しいシングルベッドに転がり、ぼんやりと天井を眺めていた。

考えているのは、つい先ほど別れてきた麻理江のことだ。

「どうもありがとう。すごくすっきりしちゃった」

都心にあるハイソな低層マンションまで送ると、麻理江は爽《さわ》やかな笑顔でそう言って去っていった。ハーフのように整った美貌はやはりエレガントだったけれど、気怠い雰囲気が消失し、憑きものが落ちたような晴ればれとした表情をしていた。

いったいなんだったのだろう？

ほんの一時間前に野外での立ちバックという獣のようなセックスを一緒にしたにしては、やけにあっさりした別れ方だった。奥歯に挟まっていたものがようやく取れたときのような、健康的な明るさがあった。

思えば桃香も情事のあと「すっきり」したと言っていた。

要するに欲求不満が解消されて「すっきり」したわけだ。

理屈はわかるが、なんだか釈然としない。

もてあそばれたなどと言うつもりはないし、こちらはこちらで幸運としか言いようがない棚ボタ体験をさせてもらったと思うけれど、それが人妻という生き物だと思うとなんだか恐ろしくなってくる。

彼女たちはいつだって「すっきり」したいのだ。

欲求不満さえ解消できるなら、どこまでも淫らになって誘惑せずにはいられない――それが人妻という生き物らしい。たとえ相手がＯＬ時代には見向きもしなかった年下の男でも、素性もよく知らないスイーツショップの店員であっても、後腐れなく遊べるならそれでいいということなのだ。

おいしい発見と言えば、おいしい発見だった。

いままで人妻と言えば、夫を愛し、家庭に縛られ、世間の女の中でもっとも貞操観念が強いと思っていたのに、事実はまったく逆に欲求不満をもてあまし、「すっきり」することばかり考えていたとはコペルニクス的転回である。

そんな人妻の生態を知った以上、二十五歳まで童貞でいた遅れを取り戻すために、次々と体を重ねるのはやぶさかではない、とさえ思った。

だが……。

その一方で、「すっきり」できない人妻に思いを馳せずにいられないのも、また事実だった。

もちろん、義姉《あね》の千佳子のことである。

夫婦の閨房《けいぼう》でマッサージとフェラチオばかりを求められているのだから、彼女が欲求不満を溜めこんでいることは間違いない。

また、大切な仕事を休んでしまうくらい塞《ふさ》ぎこんでいるとなれば、まわりに悟られないように「すっきり」したということもなさそうだ。そもそも千佳子は真面目な性格なので、桃香や麻理江のように、あっけらかんと浮気できるタイプではない。

となると、先行きが不安になってくる。

思いつめた挙げ句、いきなり兄に離婚を切りだす、というのは最悪のシナリオとしても、夫婦仲がこじれてしまう可能性は充分にあった。

どうしたらいいのだろう？

自分にできることはなにかないだろうか？

慎二郎は千佳子のことも好きだが、兄のことも大好きなのだ。

欲求不満の兄嫁に同情すると同時に、兄には家庭不和などに悩むことなく仕事に邁《まい》進《しん》してほしいと思う。

不可能ではないはずだ。

なにしろふたりは人も羨む理想のカップル、こんなことくらいで結婚式で誓った永遠の愛が壊れてしまうはずがない。

希望的観測かもしれないけれど、慎二郎は憧れのふたりの未来が明るく輝いてくれることを祈った。

翌日は日曜日で、〈チカズ・フルーツカフェ〉の定休日だった。

慎二郎はいつも、一日中部屋でゴロゴロし、夕方になってそれを後悔するという、ダメ人間の典型的パターンで休日を過ごしているが、その日は違った。

早朝から原付バイクを駆って、普段の営業場所である大規模団地を一つひとつまわっていった。

チラシを配るためである。

千佳子を励ます方法をいろいろと考えたすえ、とりあえず仕事で充実感を味わってもらおうという結論に達したのだ。

千佳子が休んだ日にワゴン車の前にできた長蛇《ちょうだ》の列——あのときは慎二郎ひとりで客を捌かなければならなかったからパニック状態に陥ってしまったけれど、考えてみれば大変幸福な光景だった。

自分の働いている店が行列のできる繁盛店になったのだから、嬉しくないはずがない。

思えば、営業開始したころは悲惨な状況に何度もぶち当たったものだ。千佳子は挫折を知らないので、打たれ弱いところがあった。おまけに育ちがいいので、悪いことが起こると全部自分のせいだと思ってしまう。

客が来ないと沈痛な面持ちになり、まったく口をきかなくなった。

落ちこまれると復活するまでしばらくかかるから、慎二郎がクルマの外に飛びだして、大声を張りあげて客引きをしたこともたびたびだった。「人が人を呼ぶ」という法則を利用するため、私服に着替えてサクラを演じるという馬鹿なことまでしたことがある。

あのころを思いだせば、忙しすぎるいまの状況は夢のようであり、千佳子にとっても感慨がひとしおのはずだった。

（そうだよ。あの行列を前にすれば、義姉《ねえ》さんだってちょっとは元気を出してくれるはずさ……）

それが欲求不満の抜本的な解決になるとまでは思わなかったけれど、慎二郎は苦手なパソコンを駆使して〈チカズ・フルーツカフェ〉の宣伝チラシをつくり、団地の郵便受けに入れてまわった。足が棒になるまで続けた。千佳子の明るい笑顔が見たい一心だった。

効果は上々だった。

休み明けの月曜日は、どこの売り場に行ってもいつも以上に客が集まってくれた。もちろん、チラシだけの影響ではなく、移動販売が定着してきたせいもあるだろうが、慎二郎は休日を返上して働いた甲斐《かい》があったと思った。

しかし……。

千佳子を励ますという意味において、チラシ作戦の効果は薄かったらしい。

「どうしたのかしら急に？　こんなにお客さんが来るなんてびっくりしちゃう。明日から、もっとつくっておかないとね」

と笑顔で言っていても、客足が切れると深い溜息をついた。

行列を捌いた心地よい疲労感からくる溜息ではなく、どんよりした溜息だった。どこか心あらずの雰囲気で、思い悩んだ横顔も相変わらずだった。いくら店が繁盛しても、彼女の心の曇り空までは晴らすことができなかったらしい。

千佳子が元気になってくれないと、慎二郎も元気が出なかった。前日は足を棒にしてチラシを配り、今日はいつも以上の客を相手にして、営業を終えるころには口もきけないいくらいクタクタになっていた。

「ねえ、慎二郎くん。これからなにか予定はある?」

自宅に向かうワゴン車の中で、千佳子に言われた。

「はあ、べつに……」

予定はないが眠かった。できることなら、いますぐベッドにダイブしたい。

「じゃあ、ちょっとうちに寄っていってくれないかしら? 折り入って話があるから」

「えっ……」

一瞬で眠気は吹っ飛んだ。

「それって……仕事のことですか?」

慎二郎の問いに、千佳子は答えず、ただ苦笑いしていた。言外に否定しているような感じだった。それから自宅に到着するまで、ひと言も口をきかなかった。

（まいったなあ。いったいなんの話だろう……）

慎二郎は胸騒ぎを覚えずにはいられなかった。

仕事のことではないとすると、ズバリ兄とのこと以外、折り入って話があるなどと言わないだろう。

となれば、いい話である可能性はきわめて低い。

愚痴の聞き役ならいくらでもしていいが、それ以上最悪な方向には向かわないでほしいと胸底で祈るしかなかった。

千佳子の自宅に到着すると、慎二郎はガレージに停めたワゴン車で制服を脱ぎ、ジーパンとシャツに着替えてから家にあがった。

千佳子もすでに着替えていた。清楚な人妻らしさを際立たせる白いモヘアのセーターとモスグリーンのスカート姿でキッチンに立ち、お茶を淹れていた。

「失礼します」

慎二郎はおずおずとリビングの奥にあるソファに向かい、腰をおろした。

「どうぞ」

テーブルに湯呑み茶碗を並べた千佳子は、

「ちょっと待ってて」

奥の部屋からビデオカメラを持ってきた。手のひらに収まりそうなほど小さなサイズの、最新式のカメラだ。

「へええ。買ったんですか？」

慎二郎が笑いかけると、千佳子は気まずげに顔をそむけた。L字型のソファの斜め向かいに腰をおろすと、しばし視線を泳がせて逡巡してから、意を決したように言った。

「わたしは買ってない。なのにうちにあったの、これ」

「じゃあ兄さんが？」

慎二郎は首をかしげた。兄は昔から最新式のメカが好きだったから、買っても不思議ではないけれど、千佳子の言い方に引っかかった。

「あの人の……栄一郎さんの書斎にある納戸《なんど》にね、こっそり隠すみたいにして置かれてたの。カメラだけじゃなくて、三脚とかも……」

「はあ……」

「わざと探したわけじゃないわよ」

千佳子があわてて言葉を継ぐ。

「掃除してたら偶然見つけて、なんだろうこれ？　こんなカメラ、あの人持ってたかしらってて……ちょっといじってたら、ビデオが再生されちゃって……ほ、本当にわざとじゃないのよ……液晶のちっちゃい画面にね、なんていうか、その……」

千佳子は言葉を継ぐほどに動揺を隠しきれなくなり、それが慎二郎にも伝染した。まだなにもわからないのに、途轍もなく大変な事件が起こったのだという確信だけが一秒ごとに大きくなっていく。

「なにが映ってたんです？」

慎二郎が努めて冷静に訊ねると、

「あの人が……知らない女の人と映ってて……その……すごくこう、エッチな雰囲気で……」

千佳子は口の中でもごもごと言った。

「まさか……」

慎二郎は答えに窮《きゅう》した。千佳子が浮気とは縁のない真面目なタイプであるのと同様、兄もそちら方面は真面目に見える。真面目というか、堅物なのだ。

「エッチな雰囲気って、具体的にどういう感じなんです？」

「……わからない。わからないから、雰囲気なの」

千佳子は悲痛な表情で何度も首をひねった。

「わたし、最初のほうしか見てないんだけど……ソファに座って女の人と話をしている映像で……それがすごく若くて、イマドキっぽい女の子……」

「ただ話してるだけってことはないんですかね？」

「そうよね？　話してるだけかもしれないわよね？　でも……でも、そんなものわざわざビデオに撮るかしら？」

ふたりの間に流れる空気がみるみる重くなっていき、

「……わかりませんけど」

慎二郎は曖昧に答えるしかなかった。たしかに千佳子の言うとおりだが、迂闊なことを言っては取り返しのつかないことになりそうだ。

「それでね、慎二郎くんに話っていうのはね……」

千佳子は声音《こわね》を変えて、すがるような眼を向けてきた。

「わたし、とてもこれをひとりで見る勇気はないから、一緒に見てくれないかしら」

「ええっ？」

慎二郎は素《す》っ頓狂《とんきょう》な声をあげた。

「わたしはねっ！」

突然、千佳子が背筋を伸ばして声を張る。

「妻として見なくちゃいけないと思った。勘違いで嫌な気持ちになってるのなんて馬鹿みたいだし、間違いがあったらあったできちんと受けとめなくちゃいけないって……でも……でも、これ見つけたのが五日前で、五日間見よう見ようってずっと思ってたんだけど、結局できなくて……」

なるほど、と慎二郎は胸底でつぶやいた。ここ数日の千佳子の思いつめた表情の原因は、このビデオだったのだ。もちろん、夫婦の閨房でマッサージとフェラばかりという屈辱も、遠因にはあるだろうが……。

「だから慎二郎くん、お願い、一緒に見て……わたし、ひとりじゃ……ひとりじゃこれ、絶対に見られない……」

「そんなこと言われても……」

慎二郎は泣きそうな顔になった。何事もないという保証があるなら、かまわない。しかし、万が一ということがある。妻に隠れてビデオカメラを買い、若い女を撮っていたとなれば、普通に考えて浮気だ。下手《へた》をすればハメ撮りの可能性まである。その場合、実の兄がセックスしている姿と対面することになるのである。

「やっぱり……見てくれないか……」

哀《かな》しげにつぶやく義姉の美しい瞳には、深い諦観《ていかん》が滲んでいた。

「そうよね……わたしも無理……とてもじゃないけど……」

まずい、と慎二郎は思った。

見るのを拒否するということは、兄を疑っているということだ。千佳子にしても、それがハメ撮りであると思えばこそ、見ることができないのだ。

つまり、このまま見ないでおけば、事実はオミットされたまま、兄は推定有罪になってしまう。たとえ冤罪《えんざい》であったとしても、それを晴らすチャンスはない。未来永《みらいえい》劫《ごう》、妻から浮気者のレッテルを貼られたままなのだ。

(いやいやいや……ちょっと待て。弟の俺が兄さんを信じてやらなくて、誰が信じてやれるんだ。そもそも兄さんはクソがつくほどの真面目人間だぞ。あの融通の利かない堅物が、若い女と浮気なんかするか？　ましてやハメ撮り？　あり得ない。やっぱり、なにかの間違いに決まってる……そう、間違いだ)

慎二郎はふうっとひとつ息をつくと、

「見ましょう」

ソファから腰をあげた。

「テレビに繋ぐから、それ貸してください。アハハッ、兄さんが浮気なんかするはずないですよ。変な誤解や遺恨を残すのはよくないから、大きなテレビ画面で兄さんの無実をきっちり確認しようじゃないですか」

爽やかな笑顔を浮かべて手を差しだした慎二郎を見て、

「本当に？　本当に一緒に見てくれるの？」

千佳子は驚愕に眼を見開いている。

「やだなあ、義姉さん。まさか本気で兄さんを疑ってるんですか？　あの真面目人間が若い女と浮気なんて馬鹿馬鹿しい。真実はすぐにはっきりします。チャッチャと終わらせちゃいましょう」

慎二郎は千佳子の手からカメラを奪うと、リビングの液晶テレビにコードを繋いだ。リモコンでスイッチを入れ、五十インチの巨大画面に光を灯した。


画面に映ったのは、黒革張りのソファに並んだ兄と女だった。

部屋の壁は白かった。照明も明るく、ムーディな間接照明ではない。一見では、そこがホテルの部屋なのか会議室の類なのかわからない。

兄はスーツのジャケットを脱ぎ、ネクタイもはずした白いワイシャツ姿だった。

女はたしかに若かった。

二十歳そこそこか、下手したら十代かもしれない。金髪に近い長い茶髪を派手にカールさせていて、白くて眼の大きな童顔はフランス人形のようだった。可愛らしいが隙がある。

もっとはっきり言えば、頭が悪そうだった。虚ろな眼つきと半開きの唇から、どうにも馬鹿っぽい雰囲気が伝わってくる。

しかし、それ以上、女の素性を詮索《せんさく》することはできなかった。

兄の態度がおかしかったからだ。

どこか気怠げな眼つきで、口許だけで笑っている。ネクタイまではずしてリラックスしようとしているにもかかわらず、なんとも言えない緊張感が漂っている。

実弟の慎二郎でも見たことがない表情だった。

それを「エッチな雰囲気」と千佳子が言うなら、兄はセックスの前にこんな表情をしているということだろうか？

『カメラ、もうまわってるよ』

兄がこちらを指差して言った。レンズを指差したのだ。

『可愛いね、その格好。いつも可愛いけど、アンナちゃんは』

アンナと呼んだ若い女の体を、上から下まで舐めるような熱い視線で眺めた。

フランス人形のような髪型と顔をしたアンナは、服装もやはり、それに似合いのものだった。

　白とピンクのふりふりのフリルに飾られた、丈の長いワンピース。ドレスというほど高価そうな服ではないが、街を歩いていたらいささか浮いてしまうだろう。同じようにに白いフリルのついたカチューシャやエプロンをすれば、秋葉原にあるメイド喫茶で働いているような感じかもしれない。

『どこで買うの、そういう服？』

　兄の問いに、アンナはただニコニコと笑っているばかりだ。可愛いけれど、やはり頭が悪そうな印象は拭えない。

『こっちに来なさい』

　手招きされ、兄に近づいていった。ぴったりと身を寄せて、上目遣いで兄を見た。兄も見つめ返す。お互いの瞳がどんどん潤んでいく。息のかかる距離まで顔と顔が接近していき、

『……ぅんんっ！』

　唇が重なった。

（嘘だろ……）

　慎二郎は顔から血の気が引いていくのを感じた。兄に対する信頼は、砂上に建てた

城のように一瞬にして崩壊した。ここまであっさりと崩壊させられるとは、夢にも思っていなかった。

千佳子を見た。すくめた肩を小刻みに震わせている。眼をのぞきこむ勇気は、とてもなかった。

『ぅんんっ……ぅんんんっ……』

ふたりの傍観者を尻目に、兄はアンナとのキスを深めていく。口を吸い、舌をからめ、じゅるっと音をたてて唾液まで啜《すす》る。

「もうやめましょうか……」

慎二郎がテレビのリモコンを手に取ると、

「待ってっ！」

千佳子が叫んだ。声はか弱く震えていたが、悲壮な決意が感じられた。

「最後まで……最後まで見せて……見なくちゃいけない……わたしはあの人の……栄一郎さんの妻なんだから……」

慎二郎は仕方なくリモコンを手にしたまま動かなかった。妻として、あるいは女として、過酷な時間が訪れることは眼に見えていたが、本人が望むなら仕方がない。千佳子の痛切な叫びにビデオを止めることはできなかった。

『ふふっ、本当に可愛いよ、アンナちゃん……』

画面の中で兄は、アンナの服を脱がしはじめた。

興奮を隠しきれない様子で、鼻息をひどく荒げている。

知っている人間が睦言《むつごと》に耽《ふけ》る顔を見たのは初めてだったが、男はセックスのとき、ここまで品性を失うものなのかと、慎二郎は衝撃を受けた。普段が理知的な兄だけに、ニヤニヤと淫靡な笑みを浮かべながら女の服を奪っていく姿は、眼をそむけたくなるほど下品に思えた。

しかも相手は若い女だ。三十五歳の兄より、ゆうにひとまわりは年下だろう。

アンナが白いワンピースの下に着けていたのは、つやつやした光沢を放つピンク色のブラジャーとパンティだった。ピンクのサテン地に黒いレースでの飾りがついた、いかにもイマドキの若い子らしい派手やかさだ。

しかし、それよりも眼を惹いたのは乳房の大きさだった。ワンピースを着けていたときは、たくさんのフリルとゆったりしたデザインに隠されていたが、とんでもない巨乳だった。

（すげえおっぱいだな、しかし……）

つい感心してしまった。千佳子も巨乳だが、千佳子がメロンとするなら、アンナはスイカと言いたくなるほどの迫力である。ブラジャーをはずされ、剝きだしにされると、重力に逆らえずプニッと裾野が垂れた。パンダの垂れ眼を彷彿とさせる形になり、画面越しにも生々しく量感を伝えてきた。

『大きなおっぱいでちゅね』

兄が言いながらアンナの双乳を両手ですくう。

（えええっ……）

慎二郎は持っていたリモコンを床に落とした。まさかあの兄が、ひとまわり以上年下の女を相手に赤ちゃん言葉を発しているなんて夢でも見ているようだ。

『ほーら。プルンプルンしてまちゅよ。プルンプルン、プルンプルン。できたてのプリンちゃんみたいでちゅね』

言いながら兄はアンナの双乳を揺らし、下品に拍車をかけた表情で笑っている。

もしこれがＡＶのワンシーンで、兄ではなくＡＶの男優ならば、爆笑、あるいは失笑したに違いない。

しかし、それが身内では笑えなかった。子供のころから憧れ、尊敬しつづけた兄であってみれば、ただ啞然とするしかない。

『もう、栄一郎タン！　オイタしちゃダメでちゅ』

アンナが双頰をふくらませ、唇を尖らせた。

『いつもおっぱいばっかりプルンプルンして、アンナ恥ずかしいでちょ』

『だって、ほらあ。こんなに柔らかいんでちゅよ。プルンプルンがいやなら、パフパフでちゅ』

兄はアンナの胸の谷間に顔をうずめると、類い希なスイカップ巨乳を揺らし、双頰にぶつけた。ぶつけては頰ずりし、乳肉の柔らかさを顔面で味わう。

（ひどい……ひどすぎるよ、兄さん……いくらなんでも、それはないよ……赤ちゃん言葉でおっぱいパフパフはあんまりだよ……）

慎二郎は目頭が熱くなってきた。

兄との思い出が、走馬灯のように頭の中を巡っていく。進学校の生徒会長で、バスケ部のスタープレイヤーで、神童と言われるほど成績優秀だった兄。両親の期待に応えて一流国大から大手銀行へとエリート街道を驀進《ばくしん》し、それでいて弟思いで、勉強もスポーツもまるで冴えなかった慎二郎をいつも励ましてくれた……。

その兄がどうしていま、赤ちゃんプレイで巨乳と戯《たわむ》れているのか？

『ああんっ、いやんっ！』

アンナが悩ましい声をあげた。フランス人形に似た顔は少女じみているのに、あえぎ方はひどく色っぽかった。

『ムフフ、いやなんて言っちゃって、乳首が尖ってきまちたよ』

兄は見苦しいほど顔を真っ赤に上気させて、巨乳の先端に吸いついた。アンナの乳《にゅう》暈《うん》は淡いピンク色で、乳房の大きさに比例してかなり大きかった。そこにかぶりつき、チューチューと吸いたてた。

『ああんっ、いやいやいやっ……いやあんっ！　気持ちいいっ！　栄一郎タン、おっぱい吸うの、とっても上手ううっ……はぁああんっ……どうしてそんなに上手なのおおおおっ……』

アンナが声をあげて悶えはじめると、千佳子はもう我慢できないとばかりに立ちあがり、伏せた横顔に涙を浮かべてリビングから飛びだしていった。


「待ってくださいっ！」

慎二郎は千佳子を追ってリビングを出た。階段を駆けあがっていく音がする。二階に行くと、寝室の扉を開け放ったまま、千佳子がベッドにうつ伏せで倒れていた。

「義姉さん……」

声をかけるが、言葉は続かない。なんと言っていいかわからなかった。尊敬する兄の絶望的な痴態を目《ま》の当たりにしたことで、慎二郎自身も混乱しきっていた。

（まいったな……）

天を仰ぐと、窓が見えた。天井に天窓がついていた。のぞきをしたときは気がつかなかったが、寝室に天窓とはロマンティックである。千佳子の趣味だろうか？　しかし、普段は見えているであろう星も、いまは見えない。まるでこの部屋の主である夫婦の関係にも似て、漆黒の闇の中である。

「ううう……」

千佳子が嗚咽をもらしはじめる。

「泣かないでよ、義姉さん……」

慎二郎はやむにやまれぬ気持ちで、必死にかける言葉を探した。

「エリートっていうのはさ、ホントなに考えてるのかわからないね。うん、僕みたいな凡人にはとてもじゃないけど理解できない。義姉さんっていうものがありながら、義姉さんみたいに素敵な奥さんを娶《めと》っておきながら、あんな胸が大きいだけの女と浮気してるなんて……失望した。うん、僕も泣きたいくらい失望しちゃいましたよ。でもね、義姉さん……義姉さんはどうか兄さんを見捨てないでください……出来心だと思うんだ。男なら誰にでもある、ほんのささいな浮気心。いつもステーキばっかり食べてると、たまにはお茶漬けも食べたくなるって、そういうやつだと思うんだよ……」

「出来心ですって？」

千佳子が顔をあげ、涙眼をキッと吊りあげた。

「出来心でビデオまで撮るかしら？　ビデオに撮るっていうことは、未来永劫、彼女との情事の記録を残しておきたいって、そういうことでしょう？」

「いや、それは……」

慎二郎は泣き笑いのような顔で首をひねるしかなかった。未来永劫かどうかはわからないが、兄があのビデオの映像を密かに見返して愉《たの》しんでいたことは間違いないからだ。これからも愉しむつもりに決まっているからだ。

「あの人はもう、わたしに飽きたのよ……」

千佳子は薄い唇を震わせながら、絞りだすような声で言った。

「女房と畳は新しいほうがいいって、そういうことなんだと思う。わたし、捨てられるの……」

「待ってくださいよ」

慎二郎は苦笑した。

「兄さんが義姉さんと別れて、あの巨乳と再婚？　あり得ないですよ。そんなこと絶対。一時的な遊び、単なる浮気ですって」

「でも……でもね、慎二郎くん……」

千佳子は真珠のような涙を流しながら言った。

「あの人、最近、わたしのことちっとも抱いてくれないのよ」

「あっ、いやっ……」

慎二郎の顔は限界までひきつった。脳裏に、赤いネグリジェ姿で奉仕させられている義姉の姿がよぎったからだ。マッサージとフェラチオだけを求め、出すものを出したら高鼾で寝入ってしまった兄の姿がそれに重なる。

「抱いてくれないどころか……」

千佳子は唇を嚙みしめた。

「あの人は……あの人はわたしに……」

まなじりを決して、言ってはならないことを口にしようとする。

（まずい……）

慎二郎は焦った。夫婦の閨房でなにが起こっているのか、千佳子の口から言わせてはならないと思った。それを口にすれば、彼女自身がみじめになる。他人に告白してしまったことで、その後の人生が確実に暗くなる。

「義姉さんっ！」

慎二郎は絶叫してむしゃぶりついた。とにかく、千佳子をみじめにしたくない一心だった。

「好きです、義姉さんっ！　ずっと好きだったんですっ！　あんな兄さんのことなんか、もう忘れちゃえばいいですよ。僕のものになってくださいっ！　……ああっ、僕だけのものにっ……」

もちろん、なにかを期待していたわけでは毛頭ない。

怒りだした千佳子に、横っ面《つら》を張られてもかまわなかった。いや、むしろそれを望んでいた。兄への怒りも含め、自分にあたってもらえればそれでいいと思った。

怒られたら、土下座をして謝まるつもりだった。すぐには許してもらえないかもしれないけれど、ひとまず千佳子の頭から赤いネグリジェでマッサージや、フェラで口内射精で高射の件は消えてくれるだろう。

ところが……。

「ああっ、ダメッ！　ダメよ、慎二郎くんっ……」

千佳子はいやいやと身をよじったが、完全におざなりの抵抗だった。慎二郎の荒々

しい抱擁をとこうともせず、平手を飛ばしてくる気配もない。それどころか、慎二郎のシャツをしっかりと握りしめ、

「そういうことしないでっ……女なんて弱いものなのよっ……こんなときに力ずくでこられたら、抵抗できないのっ……」

長い睫毛をふるふると震わせながら、せつなげな横顔を向けてきた。

（これは、もしかしたら……）

やれるのではないか、と慎二郎は直感した。

清楚で聡明な千佳子とはいえ、いまは兄に裏切られてしたたかに傷ついている。心は癒しを求め、おまけに体は欲求不満だ。兄に奉仕ばかりさせられて、三十路《みそじ》の人妻の熟れたボディは爆発寸前。いやよいやよと言いながら、抗えない部分が彼女にはあるのではないだろうか。

（いや、ダメだ……）

不意に胸を突く感情があった。義理とはいえ、千佳子は姉なのだ。欲望の対象にしていい相手ではない。妄想ならともかく、実際に体を重ねてしまえば、あとから途轍もない罪悪感に駆られるだろう。一時の欲望を満たすため、これから一生続くであろう義姉との関係を歪めてしまっていいはずがない。

（やめるんだ……いまなら引き返せる……）

しかし、心では思っていても、体が勝手に動いてしまう。

指が、腕が、全身の細胞がやれるチャンスだと小躍りし、抱擁に力をこめた。言葉ではなく、体から伝わってくるものがたしかにあった。慎二郎も頭ではなく体で、千佳子の発するものに応えてしまおうとしたのである。

千佳子の体は細く、しなやかだった。なのに胸のふくらみだけがひどく大きくて、抱擁を強めるほどその存在感が迫力を増し、興奮に拍車をかける。

「……ぅんんっ！」

唇を奪った。

（やっちまった……ついに義姉さんとキスを……）

兄嫁と口づけをしてしまった罪悪感と、それを遥かに凌駕《りょうが》する興奮が頭の中に火をつけた。

もう引き返せないと思った慎二郎は、ぬるりと舌を差しだした。千佳子は唇を必死になって引き結んだけれど、上からペロペロ舐めまわして、品のある薄い唇を唾液まみれにしていく。

「ぅんんっ……ダ、ダメッ……ダメよ、慎二郎くんっ……ぅんあああっ……」

千佳子が口を開けた隙に、舌を差しこんだ。強引にくなくなと口内に侵入し、舌をからめとってチューッと吸った。

「んっ……ぅんぐうっ……」

千佳子が鼻奥で悶える。清楚な美貌が淫らに歪んでいく様子に興奮しながら、慎二郎は胸のふくらみを揉みしだいた。

丸かった。

半球体ではなく、本当にメロンのように丸い。ふさふさしたモヘアのセーター越しにも、ずっしりした量感が手のひらに伝わってくる。

セーターをまくりあげた。

ベージュのフルカップ・ブラジャーが露わになった。

「ああっ、ダメッ……ダメよ、慎二郎くんっ……これ以上は本当にっ……」

兄嫁が眉根を寄せて訴えてくる。

しかし、その胸を覆ったベージュのブラジャーは人妻らしい生々しい色香を放って、慎二郎は触らずにはいられなかった。触れば生身を見たくて見たくてしようがなくなり、背中のホックをはずしてカップをずりあげた。

「いやあああっ……」

涙まじりの悲鳴とともに、垂涎《すいぜん》の乳房が剝きだしになった。

（うおおおーっ！）

慎二郎は眼を見開いてむさぼり眺めた。

これぞ美巨乳としか言いようがない。

全身はスリムなのに、乳房だけがたわわに実り、究極の女らしさを伝えてくる。呆れるほど色が白かった。青い血管を浮かすほどの乳白色で、乳暈は白い地肌に溶けこみそうな薄ピンクだ。

丸々と実った乳房に対して、乳暈は小さめで、ついている位置も高いからツンと上を向いて見える。豊満なだけではなく、形も麗しい。

（なんて……なんておっぱいなんだよ……）

慎二郎はギラギラと眼を血走らせて、片乳を手のひらですくいあげた。

むっちりした張りつめ具合におののいた。

素肌は白磁《はくじ》のようになめらかで、そのくせ熱く火照っている。

むぎゅっ、むぎゅっ、と指先を食いこませると、すさまじい興奮が手のひらを熱くし、みるみるうちに汗ばんでいった。

「ああっ、いやあっ……いやあああっ……」

千佳子は絹のような長い黒髪をうねうねと波打たせて首を振った。けれども、眼の下がねっとりと紅潮している。言葉とは裏腹に、体を支配している欲情を隠しきれない。

慎二郎がコチョコチョと乳暈をいじりたてると、

「くぅううう……」

とせつなげな悲鳴をあげ、身をよじった。どう見ても、性感を刺激されて悶えている反応だった。

（ああっ、たまらないっ……たまらないよっ……）

慎二郎は両手を使って丸い双乳をせっせと揉みしだき、吸い寄せられるように薄ピンクの乳暈に舌を伸ばしていった。

乳房全体に対して乳暈の面積が小さいのは、性感がぎゅっと凝縮されているからなのだろうか。

白い素肌との境界をチロチロッと舐めただけで、中心にある乳首がむくむくと頭をもたげてきた。三十路の体につまった欲求不満を形にするように、ピーンといやらしい姿に尖りきっていく。

「乳首、勃《た》ってきましたよ」

言いながらチュパチュパと吸いたてれば、

「あああっ……言わないでっ！　言わないでえええっ……」

千佳子はいやいやと身をよじった。その勢いで乳房も揺れた。まるでもっと触ってと訴えるように、淫らがましくバウンドした。

「むううっ……むうううっ……」

慎二郎の興奮はさらに増し、鼻息を荒げて双乳を揉んでは乳首を吸い、吸っては揉んだ。柔らかいのに弾力がある乳肉は揉めば揉むほど内側からいやらしくしこって、乳首は唾液にまみれるほどに口の中で硬く存在感を示した。

「あああっ……くぅううっ！　くぅううううっ……」

汗まみれの美巨乳を揺れはずませる兄嫁は、もはや抵抗の言葉も口にできず、真っ赤な顔であえぐばかりだった。泣きそうな顔で身悶えたところで、左右に乳首がピンピンに尖りきっていては、なんの説得力もない。

「ひっ……」

生々しいピンク色に染まった千佳子の頬が、ひきつった。慎二郎の手指が乳房への愛撫を中断し、下肢のほうへと移動したからだった。

慎二郎がモスグリーンのスカートをまくりあげると、

「いっ、いやぁぁあああああああーっ！」

断末魔の悲鳴をあげた。

慎二郎はその両脚を、卑猥なＭ字に割りひろげた。

「見ないでっ……見ないでぇえええっ……」

千佳子が焦った声をあげ、ちぎれんばかりに首を振る。

ナチュラルカラーのパンティストッキングに包まれた下肢が露わになり、その奥でベージュ色のパンティが股間にぴっちりと食いこんでいた。

生活感あふれる色合いなのに、臍《へそ》の下のリボンとサイドのレースが可愛らしい。清楚な美貌の三十路妻の秘所を飾るに相応しいパンティである。

（あぁっ、やっちまった……義姉さんにとうとうこんな格好を……）

慎二郎は兄嫁のＭ字開脚と相対し、すさまじい興奮と戦慄《せんりつ》を同時に覚えていた。

むろん、勝ったのは興奮のほうだ。

開いた両脚の中心に顔を近づけていくと、香《かぐわ》しい匂いが漂ってきた。

汗の匂いだった。

服は着替えても、パンティやストッキングまでは替えていないのだろう。今日一日ワゴン車の中で立ち仕事をしていた証《あかし》が、淫らな熱気とともにたちこめてくる。

「むううっ……」

慎二郎は小鼻をヒクヒクさせて匂いを嗅いだ。嫌な匂いではなかった。千佳子の放つ匂いが、嫌な匂いのわけがない。

光沢のあるストッキングに包まれ、こんもりしたヴィーナスの丘の形状を露わにした千佳子の股間は、薔薇の匂いでも漂わせていそうなほど麗しかった。

しかし、顔を近づけていけばいくほど、獣じみた匂いが強くなる。汗の香りの向こう側から、青カビによって熟成されたチーズのような強烈な発酵臭がむわむわと鼻腔に襲いかかってきた。

（ああっ、この匂いっ……）

もしかしたらもう濡れているのかもしれない、と思った瞬間、慎二郎は股ぐらに顔を突っこんでいた。くんくんと鼻を鳴らしながら、ヴィーナスの丘の下あたりに顔面をこすりつけた。

「いやいやいやっ……やっ、やめてっ！　嗅がないでっ！　そんなところの匂い、嗅がないでえええええーっ！」

千佳子が恥辱に声をひきつらせ、清楚な美貌をくしゃくしゃに歪める。奥ゆかしい彼女にとって、羞恥心を煽《あお》られるのはなによりつらく、逆に言えば興奮のひきがねに

なるような気がした慎二郎は、

「いい匂いですよ……義姉さんのオマ×コ、とってもいい匂いだ……」

淫らな言葉をあえて口にしつつ、スカートのホックをはずし、脚から抜いた。パンティとパンティストッキングだけになった女体を反転させ、膝を立てさせて尻を突きださせると、二枚の下着を乱暴にめくりおろした。

ベージュのパンティの下から、剝き卵のようにつるつるした白い尻丘が姿を現わした。桃割れの間から発情のフェロモンが湿り気を帯びてむっとたちこめ、女の恥部という恥部がすべて露わになった。

「ああっ、やめてっ……見ないでっ！　見ないでえええっ……」

千佳子はベッドカヴァーに顔を押しつけて悲鳴をあげた。

まさしく、頭隠して尻隠さずという状態だった。

いくら羞《は》じらって顔を隠しても、桃割れの間からすべては丸見え。セピア色のアヌスも、アーモンドピンクの花びらも、ちょろちょろと茂った草むらまで拝むことができた。

（これが……これが義姉さんのオマ×コッ！）

慎二郎は息を呑み、桃割れの間に咲いた女の花を凝視した。

憧れ抜いた兄嫁の花は、本人同様に慎ましやかで、縮れの少ない花びらが行儀よくぴったりと重なって、魅惑の縦筋を描いていた。

とはいえ、いささか見えづらかった。

細かい皺がすぼまっているアヌスはよく見えるし、排泄器官とは思えないほどの美しさに感嘆もしたけれど、花のほうをもっと見たい。

ひと息で二枚の下着をおろすのに尻を突きださせたのは正解だったが、あお向けにして脚を開かせたほうがいいようだった。うつ伏せでは、羞じらっている清楚な美貌を拝むことができないのも、物足りなく感じられた。

そこで、ストッキングとパンティを完全に脚から剝きとってから、女体を再びあお向けにした。

のんびりやったわけではない。

慎二郎は自分でも驚くほどの手際のよさで、千佳子に悲鳴をあげる隙も与えなかった。あお向けにした次の瞬間には、女体を丸めていた。頭を下にした三角座りのような格好にして、そのまま両脚を開いた。

いわゆる、まんぐり返しの体勢である。

身も蓋もなく剝きだしになった女の花と草むら越しに、千佳子と眼が合った。清楚

な美貌が凍りついたように固まり、

「いっ、いやぁあああああああーっ！」

千佳子は美しい切れ長の眼を悲痛に歪めきって悲鳴をあげた。

（た、たまらない眺めだよ……）

慎二郎は両眼をギラつかせてむさぼり眺めた。舐めるような熱い視線を、ひきつった顔と剝きだしの股間の間で行き来させた。

女の花はやはり正面から見たほうが絶景のようだった。

アーモンドピンクの花びらが少しほつれ、薄桃色の粘膜をチラつかせている様子はいやらしいとしか言いようがなかった。黒々と茂った逆三角形の草むらは、容姿に似合わず濃密で、まるで欲望の深さを示唆《しさ》しているかのようだ。

それだけではない。清楚な人妻によく似合う白いモヘアのセーターからは、メロン級の乳房がこぼれ、ピンク色の乳首を淫らがましく尖らせている。

これ以上いやらしい光景が、果たしてこの世にあるだろうか？

「見ないでっ……ああっ、見ないでっ……」

千佳子はしきりに首を振って叫んでいるが、じっくり見るなというほうが無理な相談だろう。

とはいうものの、童貞時代であったなら、おそらくこれほどの余裕はなかったはずだと慎二郎は思った。

曲がりなりにもふたりの人妻と体を重ねたことで、いまは興奮しつつも、欲望をコントロールできている。焦って股ぐらに鼻面を突っこんだりせず、義姉の顔と花を交互に眺め、じわじわと羞恥を煽りたててやる。

「もうやめて、慎二郎くん……ね、これ以上したら、わたしたち、取り返しのつかないことになるわよ……お願いだから冷静になって……」

千佳子は年上ぶって言い募《つの》ったが、慎二郎が女の割れ目をねろりと舐めると、

「くぅうううう！っ！」

清楚な美貌はぐにゃりと歪み、

「あああっ……あああああっ……」

恐怖映画のヒロインのように眼を見開いて小刻みに首を振った。

しかし、彼女は恐怖映画のヒロインではなく、欲求不満の人妻だった。迫りくるモンスターに怯《おび》えているわけではなく、みずからの欲望が恐ろしいのだ。敏感な部分に襲いかかってきた生温かい舌の感触が気持ちよすぎて、我を失ってしまうことに戦慄を覚えているのである。

（たまらないんだろうな。いつもは兄さんのものを舐めさせられてるばっかりで、自分は舐めてもらえないから……）

ねろり、ねろり、とさらに舌を這わせると、

「ああぁっ……くぅううううっ……」

千佳子の顔は淫らがましくひきつっていった。左右の花びらが口を開いていくに従って、きりきりと眉根が寄り、潤んだ眼を細めていく。薄い唇をわななかせて、妖しく息をはずませる。恐怖と快感の間で振り子のように揺られながら、魅惑に満ちた百面相を披露する。

（ああっ、なんて綺麗なんだ……）

アーモンドピンクの花びらが蝶のようにぱっくりと口を開ききると、慎二郎は全貌が露わになった薄桃色の粘膜にうっとりと見とれた。

三十路の人妻とは思えないほど、清らかな色艶《いろつや》だった。

男尊女卑の兄は、フェラは好きでもクンニは苦手なような気がする。つまりこの清らかな色艶は、欲求不満のもうひとつの貌《かお》でもあるのかもしれない。

慎二郎は舐めた。

傷口に水が染みるように、生温かい舌の感触が欲求不満に染みればいい——そう胸

底でささやきながら、薄桃色の粘膜に舌を這わせ、くなくなと穴をほじった。

「ひぃいっ！　ダメッ……ダメようっ！」

千佳子が必死になって太腿で顔を挟んできたが、それすらも快感だった。むっちりした太腿で双頬をぎゅっとされると、息がとまるほどの抱擁を受けたのに似て、気が遠くなるほど心地よかった。

（まったく……）

兄の気持ちを理解できなかった。

スイカップのパフパフなんかより、千佳子の太腿のほうが気持ちがいいに決まっているではないか。

「ああっ、ダメッ……そんなにしたらダメになるっ……」

千佳子の悲鳴は涙に潤み、舌に触れられている部分からも、大量の分泌液をあふれさせる。

（たしかに、もうダメだっ……義姉さんは俺のものだっ……兄さんには悪いけど、俺のものになってもらう……）

慎二郎は胸底でつぶやいた。

兄嫁を自分のものにするためには、欲求不満を存分に解消してもらい、肉欲で繋ぎとめておくのがもっともいい方法のように思われた。清楚な人妻とはいえ、所詮《しょせん》は動物なのだ。体を満たしてくれるほうに心がなびいてしまうのも、自然の摂理というものだろう。

（よーし、感じさせてやる……兄さんよりもずっと気持ちよくさせてやる……）

まんぐり返しの利点は、女体を動けないように押さえこみつつ、両手が使えることだった。

慎二郎は薄桃色の粘膜を濡らす発情のエキスをじゅるじゅると啜りあげながら、右手の中指を肉の合わせ目に近づけていった。女の体の急所中の急所である、クリトリスをねちねちといじり転がした。

「はっ、はぁおおおおおおーっ！」

千佳子が獣じみた悲鳴をあげ、慎二郎の顔を太腿で挟むこともできなくなる。女の急所を指でいじり転がされるほどに、我を忘れたように悲鳴をあげ、長い黒髪を振り乱した。

慎二郎の額からは汗がしたたっている。

延々と続けたクンニリングスのせいで、顎が軋み、舌の根は痺れ、口のまわりは千佳子が漏らした発情のエキスでベトベトだった。啜っても啜っても後から後からあふれてくる獣じみた匂いのする粘液は、黒々と生い茂った草むらをぐっしょりに濡らし、臍のほうまで筋をつくって垂れている。

「やっ、やめてっ……もうやめてっ……」

千佳子は清楚な顔を真っ赤に染め、必死になって身をよじっている。頭を下にして体を丸めこまれているのだから、血が逆流し、呼吸も苦しいだろう。

しかし、悶絶のいちばんの理由は、執拗なクンニリングスそのものにあった。

童貞に毛が生えた程度の経験しかない慎二郎の舌技は、拙《つたな》いものに違いない。それは自分でもわかっていた。拙さを補うために執拗に舌を躍らせた。情熱だけはイカせ自慢のAV男優にも負けたくなかった。

薄桃色の粘膜を舐めては、花びらを口に含んでぬめりがとれるまでしゃぶりあげた。アヌスまで唾液でびしょ濡れにしてやった。そうしつつ、右手の中指では肉の合わせ目にある真珠肉をしつこくいじり転がしていた。クリトリスは敏感すぎるほど敏感な性愛器官らしいので、椿の花を扱うように丁寧に愛撫した。

それが二十分も三十分も続いているのだ。

さすがの千佳子も、

「くぅううううーっ！　くぅううううーっ！」

と悶えながら中空に浮いた足指をぎゅっと折り曲げずにいられなかった。そうすることで、クンニリングスの快感を噛みしめているようにしか見えなかった。あわあわとわななく唇から、いまにも言ってはならない言葉が飛びだしてきそうだった。

慎二郎はその言葉を聞きたい一心で、舌の根が痺れても口腔愛撫を続けていた。千佳子に言ってはならないことを言わせることで、兄から彼女を奪いたかったのである。

「た、助けてっ……助けて、慎二郎くんっ……」

聞きたい言葉は、それではなかった。

「このままじゃわたし、おかしくなるっ……おかしくなっちゃうようっ……」

言葉の語尾が、媚びるような舌足らずになっているのにはぞくぞくさせられたが、まだまだである。

「やめたほうがいいんですか？」

慎二郎は愛液のしたたる口で静かに訊ねた。

「そ、それは……」

義姉の美貌が凍りつく。

「ねえ、義姉さん、あんなにみっともない姿を見ても、やっぱり兄さんが好きなんですか？　赤ちゃん言葉でおっぱいパフパフでも、まだ愛してるんですか？　ええ？」

「ううっ、言わせないでっ……そんなこと言わせないでっ……」

千佳子は心底せつなそうにいやいやをしたが、言わせないわけにはいかない。

慎二郎は天井に向かって開かれた千佳子の股間から口を離し、まんぐり返しの体勢を崩した。

「あああっ……」

千佳子がよよとばかりにうずくまると、慎二郎はその脇に立って服を脱ぎはじめた。シャツもジーパンもブリーフも、すべてを脱ぎ捨てて、隆々とそそり勃った男根を誇示するように仁王立ちになった。

千佳子はまだ顔を伏せて息を整えている。

できることなら、たっぷり舐めてあげたお返しに、舐めてほしかった。しかし、千佳子がフェラチオに対してナーバスになっているかもしれないので、ひとまずぐっとこらえることにし、あお向けに横たわった。

「ううう……」

ようやく千佳子が上体を起こした。だいぶ汗をかいていた。それでも体に残った白いモヘアのセーターを脱ぎ、ブラジャーを取ろうとはしない。逆にこぼれた乳房を抱きしめて隠そうする羞じらい深さがそそる。

長い黒髪の向こうから、チラリと慎二郎を見てきた。いきり勃ったペニスを反り返らせている男の裸身を目の当たりにして、大きく息を呑んだ。

慎二郎は頭の後ろで両手を組み、あお向けのまま動く素振りを見せなかった。

無言のままメッセージを送っていた。

結合を求めるならば、みずからまたがってほしい。夫の弟の性愛器官を、自分の意志によって淫らに濡れた両脚の間に咥えこんでほしい……。

「くっ……」

メッセージを受けとった千佳子が、せつなげに唇を噛みしめる。

(我慢だ……ここはじっと我慢の子だぞ……)

慎二郎は涼しい顔を装いながら、懸命に自分に言い聞かせていた。欲望にまかせてむしゃぶりつきたい気持ちは、山々だった。押し倒してしまえば、簡単にひとつになれる気がした。

しかし、それではいままでの努力が水の泡になってしまう。しつこくクンニリングスを続けた意味がなくなってしまう。

なんとしても、千佳子に意志を示してほしい。兄ではなく、自分を選んでほしい。

「ううっ……」

千佳子は左手で長い黒髪を搔きあげると、右手を慎二郎の太腿に置いた。

「……意地悪」

少女のように拗ねた上目遣いで見つめてきた。

(うわあっ……)

その瞬間、慎二郎はみずからの敗北を悟った。上目遣いに、負けた。清楚な三十路妻の上目遣いは身をよじりたくなるほど可愛かった。これほど破壊力のある最終兵器を隠しもっていたなんてズルい。そう思ってもどうにもならず、

「義姉さん……」

慎二郎は半裸の兄嫁にむしゃぶりつき、セーターとブラジャーを奪った。生まれたままの姿にして押し倒した。

正常位での挿入は初めてだったけれど、本能のまま両脚の間に腰をすべりこませ、びしょ濡れの花園にそそり勃った切っ先をあてがう。

「いきますよ……」

興奮に震える声を絞りだすと、

「ううっ……」

千佳子は顔をそむけて唇を噛みしめた。

眉間に深く刻んだ縦皺から、罪悪感が漂ってきた。

けれども、それよりも強く欲情を感じた。「早くちょうだい」という義姉の心の声が、慎二郎にははっきり聞こえた。

「むううっ！」

息を呑み、腰を前に送りだしていく。発情のエキスをしとどに漏らし、貝肉のようなぬめりを放つ肉ひだの層に、ずぶずぶと入りこんでいく。

「んあああっ……」

清楚な美貌が歪んだ。赤く染まった頬がひきつり、上品な薄い唇がOの字に開く。

正常位とはなんと素晴らしい体位なのだろう、と慎二郎は思った。女が男のもので貫かれていくときの表情の変化を、まじまじと観察できる。騎乗位でも見ることはできたが、圧倒的に距離が近い。

「むううっ……むううっ……」

一気に奥まで入ってしまうのがもったいなくて、じわり、じわり、と結合を深めていった。そのたびに、千佳子は眉根を寄せ、唇をわななかせ、小鼻をヒクつかせて、淫らな百面相を披露する。

「むううっ！」

ずんっ、と最奥まで突きあげると、

「はっ、はぁあうううううううーっ！」

白い喉を見せてのけぞり、その反動で両手を伸ばしてきた。

望むところだった。慎二郎は抱擁に応え、千佳子を抱きしめた。量感あふれる美巨乳が、お互いの体に挟まれてむぎゅっと潰れ、たまらない抱き心地がした。

「入ってますっ……入ってますよ……僕のものが義姉さんの中にっ……」

興奮を隠しきれずに声を出したが、

「あああっ……あああああっ……」

千佳子の耳には届いていないようだった。深く埋まった男根の、太さを硬さを確かめるように身をよじり、その刺激にまた身をよじる。結合の衝撃を味わうこと以外、なにもできないという表情をしている。

「あああっ……くぅううっ……」

きつく眉根を寄せ、つらそうにうめいていても、身のよじり方が次第に、ある目的に向かっていった。

凹凸《おうとつ》がきっちりと嚙みあった性器と性器をこすりあわせ、摩擦の愉悦を得ようとしている。奥から熱い粘液があふれてくる。

「おおおおっ……」

慎二郎はだらしない声をもらし、じっとしていることができなくなった。ゆっくりと抜き、もう一度ゆっくりと入り直した。ずちゅっ、と音がたった。淫らな音だった。

「ああっ、いやっ……もうっ」

千佳子が羞じらって紅潮した顔をそむけたが、その音はたしかに彼女の股間からたったのだった。

義姉はもはや清楚な人妻ではない、と慎二郎は思った。人間ではなくて獣だった。性器を繫ぎあわせて分泌液を漏らし、気持ちよがるのは獣だ。獣の牝だ。

「むううっ……」

慎二郎はみなぎる男根に力をこめ、抜き差しのピッチをあげていった。千佳子が獣の牝ならば、牡になってやろうと思った。毛むくじゃらな野獣にでもなって、女体を責めずにはいられなかった。

「ああっ、やめてっ……音がっ……音が出ちゃうっ……」

ぬんちゃっ、ぬんちゃっ、と粘りつくような肉ずれ音に、千佳子がさらに羞じらう。その羞じらいが慎二郎の腰使いにいちだんと力をこめさせ、ずちゅっ、ぐちゅっ、と汁気の多い音をたてて、奥までずんずん突きあげていく。

（たまらない……たまらないよ……）

初体験の正常位だったが、思った以上に腰が使えた。自由を感じた立ちバックより、さらに自由に動かせる気がする。女体を上から押さえつけているから、ただ抜き差しするだけでなく、快感を求めて挿入の角度を変えたり、腰をまわしたり、いろいろなことができる。

「あああああっ……いっ、いいっ！」

千佳子が背中を反らせて絶叫した。水を入れすぎた風船のゴムが伸びきってバーンとはじけるような、そんな叫び声だった。

「いいっ！　いいっ！　ねえ、慎二郎くんっ……す、すごいっ……すごいよおおおおおっ……」

もはや羞恥に顔をそむけることなく、潤みきった眼を真っ直ぐに向けてくる。言いながら身をよじり、ぐりぐりと腰まで押しつけだす。

（こ、これはっ……）

慎二郎は一瞬、頭の中が真っ白になった。千佳子に下から腰を使われたことで、肉と肉との摩擦感が飛躍的にあがったのだ。

摩擦感だけではない。

慎二郎が真っ直ぐにピストン運動を送りこめば、千佳子が腰を揺らしてそれを受けとめる。慎二郎が摩擦感を求めて腰を回転させれば、千佳子はもっと突いてと煽るように下から股間をしゃくってくる。

熱狂が訪れた。

慎二郎は夢中で腰を使いながら、セックスの神秘を実感していた。性器と性器がひとつになってしまったかのような一体感がたしかにあった。

抱擁を強めると、千佳子もしがみついてきた。

お互いの体に限界まで密着して体を動かし、性器だけではなく、汗ばんだ素肌も必死にこすりあわせる。

肉体の境界線も、意識の境界線もなくなって、ひとつの生き物になってしまった気がした。

桃香や麻理江との情事では実感できなかった感覚だった。

お互いがお互いを抱きしめあえる、正常位のせいだろうか？

それとも、長年の恋慕《れんぼ》の情がそんな甘美な錯覚を生じさせるのか？

あるいは体の相性が、異常にいいのかもしれない。

「ああっ、ダメッ……」

千佳子が切羽詰まった表情で見つめてくる。

「すごいっ……おかしくなるっ……こんなの初めてっ……ねえ、慎二郎くんっ……わたし、こんなの初めてよおおっ……」

「ね、義姉さんっ！」

唇を重ね、舌を吸いあいながら、腰を振りあった。高ぶる鼻息と、肉と肉とがぶつかりあう乾いた音、そして、ずちゅっ、ぐちゅっ、と男根と女壺が求めあう湿った音だけが、部屋の中を支配している。

もはやそこは部屋ではなく、重力を失った宇宙のようなものだった。肉の悦《よろこ》びだけが支配する、淫らな宇宙だ。

「ああっ、いやっ……いやいやいやっ……」

千佳子がキスを続けていられなくなり、背中を掻き毟《むし》ってきた。ひしゃげた美巨乳を慎二郎の胸板に押しつけ、左右の太腿で腰をぐいぐいと挟んだ。

「イッ、イッちゃうっ……そんなにしたら、わたし、イッちゃうっ……」

「むううっ！」

慎二郎は渾身《こんしん》のストロークで千佳子を突きあげた。

限界が迫っているのは、慎二郎も同様だった。

耐え難い勢いで射精欲がこみあげてきた。腰の裏がざわめき、ペニスの芯が甘く疼いた。それが瞬く間に、体に芯まで伝染してきた。

「おおおっ、義姉さんっ……」

体中をガクガク、ブルブルと震わせながら、真っ赤に染まった千佳子の耳元で唸るように声を絞った。

「もう出ますっ……で、出ちゃいますっ……」

びしょ濡れの柔肉をしたたかに穿《うが》ち、コリコリした子宮をずんっと突きあげた。

それが最後の一打となった。

鋼鉄のように硬くなったペニスが身悶えるように痙攣し、煮えたぎる欲望のエキスをドピュッと吐きだした。間髪を入れず、つんのめるような性急さで、怒濤の射精を開始した。

「はっ、はぁあおおおおおおーっ！」

千佳子の体が腕の中で反り返っていく。獣じみた悲鳴をあげて全身を硬直させ、次の瞬間、ビクンッ、ビクンッ、と跳ねあがった。

「イッ、イクッ……イッちゃうっ……イクイクイクイクッ……はぁおおおあああああああーっ！」

慎二郎がしっかりと抱きしめていなければ、ベッドの下まで飛んでいったかもしれないほどの勢いで跳ねた。その体を抱きしめ、押さえこみながら放つ射精の衝撃は、想像を絶していた。快楽の扉を開けても開けても奥があり、開ければ開けるほど快楽の量は増していく。熱い粘液が尿道を駆けくだっていくたびに、痺れるような快美感が頭の芯まで走り抜け、ぎゅっと眼をつぶると瞼の裏で金と銀の火花が散った。出しても出しても、身の底から男の精がこみあげてきた。

「おおおおおおっ……おおおおおおおっ……」

「はぁおおおおっ……はぁあああああっ……」

喜悦に歪んだ声をからめあわせて、身をよじりあった。

慎二郎は自分が誰であるのか、相手の女が誰であるのかさえ、わからなくなっていた。

愉悦に満ちた甘美な混乱の際に立ち、ただ一心不乱に精を吐きだしつづけた。快楽の熱量に耐えられなくなり、意識を失ってしまうそのときまで、男に生まれてきた悦びを噛みしめていた。

第五章　甘いエプロン

慎二郎は浮かれていた。

「いやあ、セックスってマジですげえな。大好きな相手と夢中になってするセックスくらい、この世に素晴らしいものはないね」

誰彼かまわず電話して、そう言ってやりたい気分だった。千佳子との情事は、それほどの恍惚を与えてくれた。

だがしかし、相手の千佳子は兄嫁。

夫婦の閨房の秘密はともかく、兄の愛妻だ。

昨日、千佳子にむしゃぶりついて興奮しきっているとき、兄のことなど忘れて、自分のものになってほしいなどと口走り、そのつもりで千佳子の性感を責めつづけたけれど、冷静に考えてみれば、兄嫁である事実は動かせない。

そして、兄はやはり兄である。

千佳子という素晴らしい嫁の存在がありながら、スイカップの頭の悪そうな女と、赤ちゃん言葉で戯れていたことは信じられないし、許せないけれど、それ以外の部分まですべて否定することはできなかった。過去の尊敬や憧れまでなかったことにしてしまっては、自分が自分でなくなってしまう。

（だけど、兄さんが悪いんだ……浮気なんてしなければ、義姉さんだってその気になるはずなかったし、俺だって……）

自分の犯してしまった罪の大きさに戦慄しつつも、千佳子と分かちあった恍惚のすさまじさがそれを凌駕した。忘れることなどできそうになかった。

一方の千佳子はどんな心持ちでいるのだろう？

犯してしまったあやまちに後悔し、涙に暮れているのだろうか。

それとも……。

翌朝、仕事に向かう慎二郎の足取りは重かった。

千佳子がどのような対応をしてくるのか、考えるだけで胸が苦しくなり、何度も自宅に引き返したくなった。

「お、おはようございます」

上ずった声でぎこちなく挨拶すると、

「あっ……お、おはよう」

千佳子の反応も似たようなものだった。

お互いの間を、気まずさばかりが漂っていた。照れくささや後悔や罪悪感、あるいは恍惚の記憶がないまぜになり、沈黙をひどく重たいものにした。

心を千々に乱した慎二郎は、ワゴン車の中でほとんど口をきけなかった。

千佳子も同様であり、ずっとうつむき加減で、ピンクのサンバイザーの下に表情を隠していた。

とはいえ、仕事は仕事だ。ワゴン車を停めて店を開くと、オーダーのやりとりなどで声をかけあい、いつものように力を合わせた。

そのぶん、昼食の時間に再び訪れた沈黙はきつかった。お互いなにか言いたい雰囲気があるものの、最初のひと言が口にできない。

千佳子特製の弁当の味が、まったくわからないほど耐え難く、気まずさが気まずさを呼んで、泣きたくなるほどの緊張状態に陥った。

運転席と助手席で肩を並べているのにお互いに眼も合わせず、咀嚼音《そしゃく》だけがＢＧＭという絶望的な有様で、慎二郎の不安はマックスに達した。千佳子がいったいなにを考えているのか、白黒をつけたくなってしまった。

「……僕は後悔してませんから」

慎二郎は弁当箱に箸を置き、震える声を絞った。

「好きな人に好きだって言って、体を求めて、なにが悪いんでしょうか？　たまたま義姉さんが兄さんのお嫁さんだっただけで、悪いことしたなんて思ってません」

賭けだった。勝算があるわけではなかったが、素直な心をぶつけてみずにはいられなかった。

「慎二郎くん……」

千佳子は息を呑んで見つめてきた。慎二郎も見つめ返した。眉根を寄せた千佳子の顔には悲壮感が漂い、慎二郎は最悪の言葉を覚悟したが、義姉《あね》は言葉を発せずに黙っている。

ずいぶん長い間、そうしていた。

ワゴン車を停めていたのは河原の駐車場だった。すぐ側で子供たちがキャッチボールを始め、賑《にぎ》やかな歓声が車内まで聞こえてきた。

「行きましょうか」

千佳子は長い溜息をつくように言うと、食べかけの弁当箱に蓋をした。まだ次の売り場に向かうには早い時間だった。

「今日はもう、仕事はやめて帰りましょう」

「家に帰るんですか？」

慎二郎は眉をひそめて訊ねた。

（やばい。怒らせてしまったか……）

やはり、白黒はっきりさせるべきではなかったのだろうか。世の中には曖昧にしておいたほうがいいこともあって、人の気持ちはとくにそうだ。曖昧さに耐えることが大人の知恵という気もするが、どうしても確かめたかったのだ。

「うちでもいいけど……」

千佳子は横顔を向けていった。

「慎二郎くんって、ひとり暮らしでしょう？」

「……ええ」

「じゃあ、慎二郎くんの家に行きましょう。ふたりきりで話がしたいから……」

「……わかりました」

慎二郎はうなずいてワゴン車を発車させた。

（どういうことだろう……）

白黒つける賭けの行方が、にわかにわからなくなった。

ふたりきりになって、昨日のことはなかったことにしてほしいと諭《さと》されるのか。それとも、自分を受け入れてくれるのか……。

慎二郎が住んでいるのは学生街のマンションだった。

いちおうマンションという名称でも建物の造りは古い。エレベーターがなく、四階建ての四階まで階段で昇らなければならない。

しかし、いつものように息切れしている暇もなかった。千佳子を自宅に招き入れる緊張で平常心を失い、一階から四階までワープしたような感じだった。

「どうぞ……」

おずおずと扉を開けた。学生時代から住んでいる狭いワンルームの部屋だった。ベッドとテーブルとテレビで六畳の洋間はいっぱいで、あとは形ばかりのキッチンがあるだけ。

「そこに座ってください」

慎二郎は千佳子をベッドにうながした。

「この部屋、そこしか座るところないんです。すいません」

「うん……」

千佳子は一瞬頬をひきつらせたが、部屋を見渡しても本当にベッドしか座るところがなかったので、仕方なさそうに腰をおろした。

慎二郎も隣に腰をおろす。

本来なら客人にお茶でも淹れるべきだったが、完全に気が動転していてそれどころではなかった。

千佳子の話も気になったが、それよりも、密室でふたりきりという状況が尋常ではないプレッシャーを運んできた。

部屋がやけに狭く感じられた。

ベッドに至っては、ふたりで腰かけていると、こんな小さなベッドで毎日寝ていたのかと呆然としてしまうほどだった。

おまけにふたりともピンク色の制服姿だったので、自分の部屋にもかかわらず現実感が湧いてこない。

千佳子がいつまでもサンバイザーに顔を隠してうつむいているので、

「は、は、話ってなんですか?」

慎二郎は上ずった声でうながした。

「えっ、ああ……」

千佳子は小さくうなずいたが、すぐには言葉を継がなかった。

ゆうに一分以上の間をとって、

「慎二郎くん、わたしのこと、軽蔑しない？」

うつむいたまま、細かく震える声で言った。

「しませんよ。軽蔑なんて絶対にしません」

慎二郎が言うと、

「じゃあ、言うけど……」

千佳子は大きく息を呑んだ。

「昨日のこと、わたし、すごくショックだった……」

「すいません。でも……」

慎二郎は愛を理由に弁解しようとしたが、

「待って。わたしに話させて」

千佳子はそれを遮《さえぎ》って続けた。

「夫の……栄一郎さんの弟さんとあんなことしてしまったっていうのも、もちろんそうだけど……それよりも……なんていうか……びっくりしちゃって……」

千佳子の横顔が、どんどん思いつめた雰囲気になっていく。

「すごい恥ずかしいけど、言っちゃうね……わたし、セックスがあんなに気持ちいいなんて、思ったことなかったの……慎二郎くん、セスナって乗ったことある？」

「えっ？　セ、セスナ？」

慎二郎は声も顔もひきつらせた。赤裸々な義姉の告白に度肝を抜かれていたので、セスナが軽飛行機のことだと認識できず、セックスの別の言い方かと思ってしまったほどだった。

「わたしは一回だけ乗ったことあるの。海外でね。曲芸飛行っていうのかしら？　パイロットさんが腕のいい人で、きりもみしながら急降下してくれたんだけど、ああいう感じ？　あなたに抱かれながら、まるであんな感じだった……ううん、それだけじゃ足りない。きりもみ急降下しながら頭の中で花火がドンドンってあがってるみたいで、もうなにがなんだかわからなくなっちゃって……終わってからも、いまのが現実だったのかどうか、しばらくわからなかった……」

「……僕もですよ」

慎二郎は言った。

「あんな経験、初めてでした……全身が燃えあがるみたいな……」

「すごかった……本当に……」

千佳子は相変わらずうつむいたまま、嚙みしめるように言った。

「あなたが帰ってからもわたし、なんか変で……ずっとぼうっとしたままで、ぼうっとしてるのに眠れなくて、体がすごく熱く火照って……もちろん、熱とかはないの。病気じゃないのは自分がいちばんわかってるんだけど……」

不意に言葉を切り、顔をあげた。瞳いっぱいに涙を溜め、すがるように見つめてくる。

「ううん、やっぱり病気かもね……わたし、もっとあなたと一緒に……慎二郎くんと一緒にいたい……抱いてほしい……」

映画なら、メランコリックなＢＧＭが突然変調し、ヴァイオリンが高らかに歌いだすところだ。

「義姉さんっ！」

慎二郎は千佳子を抱きしめた。身の底から歓喜が突きあげてきて、ともすれば号泣してしまいそうだった。

彼女の気持ちはもうわかった。ならばこちらも腹を括《くく》るべきだろう。兄を裏切ることになっても、千佳子を奪ってしまうのだ。

しかし、口づけをしようとすると、

「んんんっ……待ってて っ！」

千佳子は必死に首を振って拒んだ。

「待って、慎二郎くん……それでもね、わたしはあの人とは別れられない……」

「……どういうことです？」

「知ってるでしょう？」

慎二郎の腕の中で、千佳子は濡れた瞳を哀しげに曇らせた。

「銀行みたいなお堅い勤め先だと、いまだに離婚をしたら出世に響くの。わたし、あの人の仕事の邪魔だけはしたくない」

「じゃあ……」

慎二郎は泣き笑いのような顔になった。

「じゃあ、どうするんですか？　こんな気持ちになっちゃったのに」

「わたしにもわからない……」

千佳子はせつなげに首を振りながら、けれども慎二郎に体を預けてくる。しがみついて離れないという素振りを見せる。

（黙ってればいいんだよ……）

慎二郎の耳元で、自分の中の悪魔がささやいた。

（黙ってればわかりゃあしないよ。兄さんは仕事で疲れてセックスはしたくない。でも義姉さんは欲求不満。弟のおまえがベッドで兄さんの穴埋めをしてるって思えば、罪悪感もわかないだろう？）

たしかにそうかもしれなかった。

「義姉さん……」

慎二郎は抱擁に応えながらささやいた。

「兄さんに内緒ならいいですか？　こんなことしても？　また昨日みたいなことさせてもらっても？」

ぎゅっと抱きしめると、

「ううう……」

千佳子は顔をあげ、すがるような上目遣いで見つめてきた。

慎二郎の心臓はドキンとひとつ跳ねあがった。

彼女の切り札、清楚な人妻の上目遣いである。

その眼で見つめられると、慎二郎はどういうわけか感極まってしまいそうになる。

千佳子のことが愛《いと》おしくて愛おしくて、涙が出てきそうになる。

「義姉さんって、エッチだったんですね？」

動揺を誤魔化すために、意地悪を言った。

「僕にとって義姉さんは、理想の花嫁っていうか、憧れの人っていうか、そういう存在だったのに、まさかあんなに激しいエッチをするなんて……」

「やだ……」

千佳子は上目遣いを続けていられなくなり、顔をそむけた。

昨日の痴態の数々が、脳裏に浮かびあがってきたのだろう。剝きだしにされた双乳、物欲しげに尖った乳首、そして、まんぐり返しのはしたない体勢で、延々と発情のエキスを漏らしつづけたクンニリングス……。

「ふふっ、昨日のこと、思いだしてるんでしょう？」

慎二郎がうりうりと体を揺すると、

「意地悪言わないでっ！」

千佳子は頰を赤くして唇を尖らせた。

「わたしだって、いつもは……いつもはあんなに激しくない……」

「本当ですか？　まるで淫乱みたいでしたよ」

慎二郎が顔をのぞきこむと、千佳子の頰はますます真っ赤に紅潮した。

「あなたのせいよっ！　慎二郎くんのせいで淫乱みたいになったんだからっ！」

「ふふふっ。僕はもう、義姉さんの弱点、わかっちゃいましたからね」

胸のふくらみの先端を指先でツンと突くと、

「やんっ！」

千佳子は少女のように羞じらい、いやいやと身をよじった。

（た、たまんねえ……）

その瞬間、慎二郎はむらむらとこみあげてくるものを感じた。欲情のスイッチが入ってしまった。涙ながらに愁嘆場《しゅうたんば》を演じていたはずなのに、いても立ってもいられなくなってしまった。

「やっぱりエッチですよ、義姉さんは……」

鼻息を荒げて、千佳子の胸のふくらみをツン、ツン、と指で突く。

「やんっ！　ダメッ……」

「なにがダメですか。兄さんとは別れられないなんて言いながら、僕とはこんなことしたいんでしょ？」

一緒にワゴン車で仕事をしながら憧れ抜いた制服越しのふくらみを手のひらに包み、モミモミと揉みしだく。

「ううっ……いっ、言わないでっ……」

「いいんですよ、義姉さん。エッチでいいんです。僕だって、兄さんのことは裏切りたくない。仕事が忙しい兄さんに代わって、ベッドの中だけ兄さんの代理ができるって思ったほうが気が楽ですから……」

「ああっ、慎二郎くんっ！」

ひしと抱きあい、唇を重ねた。

口づけはすぐに深まり、ネチャネチャと音をたてての舌の吸いあいに発展した。

慎二郎は兄嫁の舌の甘さにうっとりしながら、制服の背中にあるホックをはずしにかった。

「んんっ……待って」

千佳子がキスをといてささやく。

「今日は……今日はわたしにさせて」

「えっ？」

慎二郎が首をかしげると、

「だって……ほら……昨日は慎二郎くんにたくさん舐めてもらったでしょう？　だから今日は……お返しにわたしがたくさん舐めてあげる」

妖しく舌なめずりする兄嫁の表情に、慎二郎は息を呑み、動けなくなった。

（わたしがしてあげるって……）

慎二郎は呆然としながら、ある場面を思いだしていた。

もちろん、夫婦の閨房で、赤いネグリジェを着た千佳子が兄にフェラチオを施し、口内で射精に導いたシーンだ。

あの出来事があったことから、千佳子はもしかするとフェラチオに嫌悪感を抱いているかもしれないと邪推《じゃすい》して、昨日は口腔奉仕を求めなかったのである。

だが、

「さあ、服を脱いで横になって」

と千佳子に言われれば、従わないわけにはいかなかった。慎二郎はべつにフェラチオが嫌いなわけではない。むしろ大好きだ。ふけやるほど舐めしゃぶってほしいと思うほど、口腔愛撫に偏愛を感じている。

（舐めてもらえるのか？　ついに義姉さんに、俺のチ×ポを……）

おずおずとブリーフ一枚になって狭いシングルベッドに横たわると、傍《かたわ》らで千佳子も服を脱ぎはじめた。

一瞬、制服のままでいてください、と慎二郎はお願いしようとしたが、服を脱いでいく義姉の姿が艶《なま》めかしすぎて、言葉にできなかった。

千佳子は黒いレギンスを脚から抜き、制服であるピンクのワンピースのファスナーをちりちりとさげていった。妖しい衣擦れ音を残してそれをベッドに落とし、羞じらいに頬を染めて身を寄せてくる。

（うっ、うおおおおーっ！）

慎二郎は眼を見開き、胸底で絶叫せずにはいられなかった。

千佳子が紫色のセクシーランジェリーを着けていたからだ。

色が妖しいだけではなく、フリルやレースをふんだんに使った大人っぽいデザインで、ブランド品らしき高級感あふれた下着だった。

ブラジャーは魅惑の四分の三カップ。量感あふれる白い乳肉を上からはみ出させつつ、裾野にも呆れるほどの迫力がある。

さらにパンティだ。切れこみの鋭いハイレグなうえ、両脇がレースに縁取られているから、Tフロントと見紛《みまが》うほどのエロティックさだ。

「どうしたの？」

涼しい顔で訊ねてきた千佳子の口許には笑みが浮かんでいた。してやったり、という心の声が聞こえてくる。

なるほど、と慎二郎は胸底でつぶやいた。

昨日は不測の事態だったので、生活感あふれるベージュの下着を着けていたが、今日は見えないところまでおしゃれをしてきたわけだ。いつも地味な下着を着けていると思ったら大間違い、と言いたいらしい。

「やっぱり義姉さんは、エッチだ」

慎二郎は挑発的に言ってみたが、千佳子はもう反論せず、口許に笑みを浮かべたまま、慎二郎の股間に顔を近づけてきた。自分でも恥ずかしくなるくらい大きく張った男のテントを、すりすりと撫でまわしてきた。

「わたしね……」

男のテントに向かってささやく。

「なかなかそうは見られないけど、本当は自分でも手を焼いちゃうくらい負けず嫌いなの。昨日あんなにメロメロにされたお返しをしないと、気がすまない……」

言いながらブリーフをめくりさげ、勃起しきったペニスを取りだす。紫のランジェリーに興奮を誘われて、慎二郎の男性器官は痛いくらいに勃起していた。ブリーフから取りだされただけで湿った音をたてて臍を叩き、釣りあげられたばかりの魚のようにビクビクと跳ねた。

「まあ、元気……」

千佳子は眼を丸くして、根元に指をからめてきた。紫の下着に飾られた肢体を妖しくくねらせて四つん這いになり、Vの字に伸ばした慎二郎の両脚の間に入りこんでくると、息がかかる距離までペニスに顔を近づけてきた。

「すごい、硬い……それに熱い……」

硬度と熱気を確かめるように、女らしい手指がすりすりと動く。

「むむむっ……」

慎二郎はただそれだけで顔を真っ赤にし、熱い我慢汁をペニスの先端から噴きこぼした。噴きこぼさずにはいられなかった。

「出てきた出てきた……」

千佳子は鈴口に唇を押しつけ、チューーッと吸った。

「むううっ……」

慎二郎の顔はますます赤く、茹でたようになっていく。千佳子が粘度の高いシェイク系飲料をストローで吸いあげるように吸ってきたので、勃起しきったペニスの芯が焼けるように熱くなり、恥ずかしいほど身をよじってしまった。

「感じやすいのね？」

千佳子はまぶしげに眼を細めると、ピンク色の舌を差しだした。鬼の形相で赤黒く充血している亀頭を、ねろり、ねろり、と舐めまわしてきた。鈴口の吸引が痛烈だっただけに、その後に襲いかかってきた生温かくねっとりした舌の感触が、亀頭に染みこんでくるようだった。

「ぅんんっ……ぅんんんっ……」

千佳子は鼻息を可憐にはずませながら、みるみるうちに亀頭を唾液にまみれさせた。とめどもなく噴きこぼれる我慢汁がそれと混じりあい、包皮に流れこんでニチャニチャと音をたてる。

「ふふっ、いやらしい音ね。昨日は慎二郎くんにいやらしい音いっぱいたてられたから、これはお返しよ」

言いながら、ツツーッと亀頭に唾液を垂らし、指先で根元をしごく。ニチャニチャという音が粘っこくなり、ペニスが限界を超えて硬くなっていく。

(すげえ……なんていやらしいんだ、義姉さん……)

慎二郎はVの字に伸ばした両脚をピーンと突っ張らせ、全身を小刻みに震わせた。

予想と違った。

昨日の彼女は、隠しきれないほど欲情しつつも、言葉では抗いつづけていた。いわゆる「いやよいやよも好きのうち」というやつであろうが、「いや」とか「やめて」

とか、何度となく口走っていた。

それなのに、今日はなにかが吹っ切れたように積極的だ。

そしてもうひとつ、違和感があった。

夫婦の閨房で兄にフェラチオを施していたときは、いかにも「奉仕している」という雰囲気だったのに、いまは「責めている」という感じのフェラなのだ。

もちろん、千佳子にとって兄は年上で、養ってもらっている亭主でもあり、一方の慎二郎は年下で、いつもお姉さん的に接してきている。

その差のせいか、あるいは別の理由があるのか、清楚な美貌が異様に輝き、眼がキラキラしていた。紫色のランジェリーを着けた肢体から、発情した牝のフェロモンをむんむんと振りまいている。

「うんあっ……」

千佳子は品のある薄い唇をOの字に割りひろげると、亀頭をずっぽりと咥えこんできた。千佳子の口は小さく、ペニスにぴったりと密着した。狭い口内が大量の唾液でぬるぬるしていて、あまりの快感に咥えられただけで慎二郎の腰はきつく反り返った。

「うんんっ……ぅんぐぐっ……」

千佳子がペニスを吸ってくる。ただでさえ口の中が狭いのに、双頰をすぼめて吸われると、ペニスが引き抜かれるような衝撃が襲いかかってくる。

「むむむむっ……」

慎二郎は首に筋を浮かべて悶絶した。千佳子がずずっと唇をすべらせてペニスを吸うほどに、気が遠くなるほどの快感が訪れる。吸われれば吸われるほど、千佳子の吸引力によって男根は野太くみなぎり、快楽が倍増していく。

「ああっ、すごい……舐めれば舐めるほど逞しくなっていくわ……」

千佳子は欲情の顔を蕩《とろ》けさせて言った。

「このオチ×チンね……人妻のわたしをメロメロにしたのは、このオチ×チンなのね……」

悔しげに言いながら両手を後ろにまわし、ブラジャーのホックをはずした。カップをめくってメロンの美巨乳をこぼすと、驚くべき行動に出た。

「ああんっ、熱いっ……」

淫らがましく身悶えながら、勃起しきった野太いペニスを、胸の谷間に導いたのだ。たわわに実った双乳で、唾液まみれの肉棒をむぎゅっと挟んだのである。

「おおおっ……」

慎二郎は思わず、だらしない声をもらしてしまった。

（これは……これはパイズリじゃないかよおおおおおっ……）

丸々と張りつめた胸のふくらみに、おのが男根が挟まれていた。千佳子が両手で双乳を寄せると、白い乳肉がペニスの竿の部分を隠し、赤黒く充血した亀頭だけがぴょっこり顔を出す格好になった。

千佳子は悩殺的な上目遣いで慎二郎を見ながら、

「んんんっ……ああんっ……」

と体を動かし、胸の谷間で肉竿をしごいてきた。あらかじめ唾液にまみれてぬるぬるになったペニスは、豊満な乳肉に圧迫されながらもすべり、卑猥すぎる感触で慎二郎の腰をわななかせた。

さらに千佳子は、パイズリしつつピンク色の舌を伸ばしてきた。

白い乳肉から顔を出した亀頭を、舌先でねちっこく舐めまわす。

「むむむっ……、むううっ……」

慎二郎はのけぞって悶絶した。むちむちした乳肉と、ぬめぬめした舌が、淫らなハーモニーを奏でておのが男根を責めたててくる。オナニーともセックスともまるで違う快感を誘う、美巨乳の持ち主にしかできない特別な愛撫だ。

しかも、感触の違うふたつの刺激に加え、見た目がすごすぎる。

巨乳以外に能がないスイカップなら、パイズリくらいはするかもしれない。しかし、長い黒髪も麗しい清楚な三十路妻がパイズリを行なっている光景は、ギャップが激しすぎて眼を見開いて凝視してしまった。

いったいなんというやらしい光景だろう。

見るほどに引きこまれていき、体のいちばん深い部分を震わせる。ペニスの芯が疼きだし、激しい射精欲がこみあげてくる。

(そんな……まだ早い……まだパイズリされてたい……)

哀しいほどに、そう思えば思うほど迫ってくるのが射精欲というものだった。あっという間に抜き差しならないところまで追いつめられてしまい、慎二郎は涙眼になって歯を食いしばった。

「いいわよ……」

千佳子が丸い双乳を寄せあげながらささやく。

「このまま出してもいいから……熱いのおっぱいにかけていいから……」

むぎゅっ、むぎゅっ、と竿をしごかれ、チロチロと亀頭を舐められた。我慢汁があふれる鈴口に、尖った舌先まで侵入してくる。

(ダ、ダメだっ……もうダメだっ……)

慎二郎は爪先をぎゅっと折り曲げ、背中を弓なりに反り返らせた。

「おおおっ……出るっ……もう出るううううーっ！」

悲鳴にも似た声をあげて、煮えたぎる欲望のエキスをドピュッと噴射させた。

「あああっ……はぁあああっ……」

胸元に熱い粘液を浴びた千佳子が、悩ましい声をあげて双乳でしごきあげる。それだけではおさまらないとばかりに、暴れるペニスをむんずとつかみ、亀頭を乳肉に押しつけてくる。

「おおおおおおーっ！」

新たなる刺激に慎二郎の腰は、ビクン、ビクン、と跳ねあがった。根元をしごきたてられながら、亀頭を乳肉に押しつけられる快感は想像を絶していた。肉の海に揉みくちゃにされる感覚に眼がくらみ、眼尻に喜悦の熱い涙が滲む。

「ああっ、出してっ……もっと出してえええっ……」

千佳子は陶酔しきった表情で、したたかに根元をしごき、亀頭を乳肉にぎゅうぎゅうと押しつけた。慎二郎が意識を失ってしまうまで、メロンのような美巨乳に熱いザーメンを浴びせつづけた。

その日から、一日の営業が終わったあと、千佳子が慎二郎の部屋に立ち寄るのが日課になった。

「いいのよ、どうせあの人は午前様なんだから」

千佳子はそう言って、毎日夜の七時くらいから十時くらいまで、慎二郎の部屋で過ごすようになった。

もちろん、していたことはセックスだ。

まるで人が変わってしまったみたいだった。兄のハメ撮りビデオを見、義理の弟と禁断の関係を結んだことがターニングポイントとなって、貞淑《ていしゅく》な人妻の心と体の中に溜まっていたものが、一気に大噴火しはじめたらしい。

慎二郎にとって、歓迎すべき、喜ばしい変化だったことは言うまでもない。

憧れていた兄嫁が、毎晩自宅に来て、二時間から三時間をベッドの上で過ごすというのは、夢でも見ているような桃源郷《とうげんきょう》だった。

それが彼女の本性だったのか、千佳子はセックスのとき、どこまでも解放されたがる。有《あ》り体《てい》に言って、いやらしく、スケベな女になる。

初めにパイズリをされたときは、清楚な容姿に似合わないことをすると、ひどく驚かされたものだが、彼女にとっては序の口だったらしい。

シックスナイン、アナル舐め、お掃除フェラと、大胆にオーラルを使うことを好んだし、またうまかった。

もちろん、舐められることも大好きで、クンニリングスでひどく燃えた。なにしろ毎晩のことなので、最初はしつこいだけだった慎二郎の舌技も一足飛びに上達し、舌先だけで千佳子を軽いオルガスムスにも導けるようになった。

そんなある日のこと。

「たまにはごはんをつくってあげる」

と千佳子が言いだした。

「なんだかいつもエッチばっかりしてるのも、あれだから……」

恥ずかしそうに言う義姉の姿に、慎二郎の胸はキュンと疼いた。

慎二郎としてはいつもエッチばかりでまったく問題ないのだが、自宅で料理をつくってもらうというのも心ときめくイベントである。

仮初《かりそ》めの「ごっこ」でかまわないから、千佳子と新婚カップルのような時間を過ごしてみたいと思った。

近所のスーパーにふたりで買い物に出かけることからして新鮮だった。

肉だの野菜だのを買い物籠《かご》に入れているだけなのに、なぜこれほどドキドキしてでしまうのか、不思議なくらいだった。

「ねえ、なにが食べたい」

千佳子にささやかれ、

「ええーっと……カレーですかね」

慎二郎は照れながら答えた。

「ずいぶん簡単なリクエストね。わたし、イタリアンとか、けっこう得意よ」

「でも、カレーなら、しばらく食べられるじゃないですか。鍋いっぱいにつくってもらえたら嬉しいな」

「ふふっ、まあいいけど。ちなみに他に好きな食べ物は？　どうせ、ハンバーグとかオムライスとか、お子ちゃまっぽいのでしょう？」

「いちばんの大好物は、義姉さんに毎日つくってもらってる弁当です。あれよりおいしい物はこの世にありません」

「やだ、もう」

眼を見合わせて笑いあえば、あたりの空気がピンク色に染まって見えそうだった。

幸せだと、いつも見ているような風景も輝いて見えるというのは本当だった。

部屋に戻ると、千佳子は持参してきた白いエプロンを着けた。

（まったく、いつも準備がいいな……）

慎二郎は感心しつつ、彼女が料理をしている間、部屋の掃除でもしようと思ったが、

（むむっ、待てよ……エプロン……）

ハッと閃《ひらめ》いて、台所に立っている千佳子をしげしげと眺めた。

すでに制服から、ピンクベージュのニットとブルージーンズに着替えていた。その上から、胸当てのあるひらひらした白いエプロンをした姿は、いかにも清楚な人妻ふうで、心がほっこり温かくなった。

しかし……。

せっかくこの部屋で料理をしてくれるなら、ぜひともお願いしたいことがあった。料理は適当でかまわないから、長年夢に描いたあのことをどうしても千佳子にやってもらいたくなった。

「あのう……」

ジャガイモの皮剝きをしている千佳子の背後に、おずおずと忍び寄った。

「なあに？」

千佳子が振り返らずに応える。振り返らずとも、つやつやと絹のような輝きをもつ長い黒髪から、艶めかしいフェロモンが漂ってくる。

「ひとつ……お願いが……あるんですけど……」

「ふふっ、なあに？」

千佳子はやはり振り返らなかったけれど、声が甘くなった。

「裸になってください」

「ええっ？」

今度はさすがに振り返った。

「裸エプロンで料理してくれたら、嬉しいかなって……」

「まあ」

千佳子は一瞬怒ったように眼を丸くしたが、頬が薄っすら赤く染まったのを、慎二郎は見逃さなかった。そういう場合、彼女はたいていのことを許してくれる。

「ねえ、お願いしますよ。一生のお願いです。どうしてもやってほしいんです」

聞き分けのない子供を演じて甘えれば、

「しようがないなあ、もう……」

兄嫁は仕方なさげにジャガイモを置いて手を洗い、

「ちょっと後ろ向いてて」

とエプロンを取ってくれた。

「はーい」

慎二郎は素直に後ろを向いた。背後から聞こえてくる衣擦れ音に鼓動を乱しつつ、生唾を呑むこんだ。

「いいわよ」

千佳子が声をかけてくると、すかさず振り返った。

(うわあっ……)

慎二郎は息を呑んで体を伸びあがらせた。夢に描いた裸エプロン姿が、いや、予想以上に扇情的な光景が、眼の前にあった。

フリルのついた白い前掛けがメロンのような豊満なバストを隠し、人妻らしくむっちりと脂《あぶら》ののった太腿が半分以上裾から見えている。

「後ろ……後ろ、向いてもらえますか……」

慎二郎が涎《よだれ》さえ流しそうな顔で言うと、

「じゃあ、料理を続けるわよ」

千佳子は双頬を赤く染めつつも、くるりと後ろを向いてくれた。

(うおおおおーっ！)

慎二郎は胸底で絶叫した。

恥ずかしがり屋の千佳子のことだから、反則をしてブラジャーやパンティを着けているかもしれないと心配していたのだが、まったくの杞憂だった。

白い背中がすべて見えていた。

ウエストの紐が蝶結びされた下には、逆ハート型のヒップが剝きだしだった。

「そんなに見ないで……」

千佳子は慎二郎に背中を向けたまま言った。

「こっち向いてても、視線を感じちゃう……ジロジロ見られてるの、すごくよくわかる……」

たしかにそうだろう、と慎二郎は胸底でつぶやいた。

鏡を見なくても、自分の眼がギラギラと血走っているのがわかった。レーザービームのような熱視線で、背中からウエスト、ヒップにかけての悩ましい流曲線を、舐めるようにむさぼり眺めている。

千佳子がジャガイモの皮剝きを再開すると、興奮はさらにワンランクアップした。

裸エプロンという魅惑のコスチュームプレイには、日常的なアイテムがよく似合った。泥だらけのジャガイモ、銀色の皮むき器、見慣れた台所の景色……そういった極めて日常的な道具立てが、裸にエプロンをしているという異常性を浮かびあがらせ、途轍もなく卑猥な景色を屹立させる。

（たまらない……たまらないよ……）

慎二郎は息を殺して千佳子の横側にまわった。

千佳子は慎二郎の視線を無視するように、真剣な面持ちでジャガイモを見つめて皮を剝いていた。

しかし、眼の下はねっとりと紅潮しているので、恥ずかしい格好をしているという自覚は、しっかりとあるようだ。

（うわあっ……横がっ……横乳があっ……）

大きすぎる美巨乳がエプロンで隠しきれるはずもなく、横から見ると丸々とした乳房の形状がしっかりと見えた。さすがに乳首は隠れているが、それがまたエロティックだった。やや硬そうなエプロンの生地にこすれて、乳首が勃《た》っているのではないかという淫らがましい妄想を誘う。

（ううう……もう我慢できん……）

慎二郎は千佳子の背後にすり寄り、長い黒髪の匂いを嗅げる距離まで接近した。

「ダメよう、悪戯《いたずら》しちゃ」

千佳子が甘く歌うように言う。そう言われても、手出しをしないではいられない。

ペロリと尻を撫でると、

「あんっ！」

千佳子の体が伸びあがった。片足だけ爪先立ちになる可愛らしい仕草が、裸エプロンの人妻をひときわ扇情的にした。

「すごいスベスベですね。肌はスベスベで、感触はムチムチ……」

慎二郎は、羞恥に赤く染まった千佳子の耳元で熱っぽくささやきながら、両手で尻を撫でまわした。裸エプロンなので、いきなりの生尻だった。台所でジャガイモの皮を剝いているのに、生尻を撫でまわされた千佳子は、

「やんっ！　くすぐったい……」

プリン、プリン、と尻を振りたててきた。その仕草もそうだが、舌足らずの甘ったるい口調も、なんだかわざとらしい。彼女自身も、この卑猥なプレイに嵌《はま》りかけているなによりの証拠だった。

「むふふっ。本当はくすぐったいんじゃなくて、気持ちいいんでしょ？」

慎二郎は尻の双丘にぐいぐいと指を食いこませ、逆ハート型のヒップを淫らな形にひしゃげさせた。千佳子のスタイルの中では、メロンの美巨乳の陰に隠れて存在感が薄いヒップであるが、しっかりと女らしい丸みがある。そこから太腿へ続く肉づき具

合は、ともすれば大きすぎて若々しく感じられるバストよりもむしろ、三十路の濃密な色香をしたたらせている。

「ああんっ、ダメよ本当に……カレーつくれなくなっちゃうでしょ……」

義姉の身悶え方は刻一刻と艶を増し、ハアハアと息がはずんできた。腰をくねらせて足踏みしている様子は、言葉とは裏腹にもっと触ってと誘っているようだ。

ならば……。

慎二郎は満を持して千佳子の胸に手を伸ばした。エプロンの両脇から両手を差しこみ、胸当てに隠されている双乳を、左右の手のひらですくいあげた。メロンのように張りつめた肉房を、やわやわと揉みしだいた。

「あああっ……」

千佳子が悩ましい声をもらす。

「やっ、やめてっ……料理がっ……料理ができなくなるっ……」

「むふふっ。義姉さんのおっぱい、こんなに大きいのにとびきり敏感ですからね。たしかにできなくなるかもしれませんね」

慎二郎がぎゅうっと手指の動きに力をこめると、

「ダメッ！　いまは許してっ！」

千佳子は尻を突きだして、慎二郎の体を離そうとした。無駄な抵抗というか、完全に逆効果だった。丸みを帯びた尻の双丘に股間を押され、慎二郎はますます興奮してしまった。

（たまらないよ……）

ズボンの中のイチモツは痛いくらいに勃起しきっていて、むちむちした尻の感触に嬉しい悲鳴をあげる。ズキズキと熱い脈動を刻んで、我慢汁を噴きこぼす。

「ああっ、義姉さん……好きです……大好きです……」

慎二郎は双乳をむぎゅむぎゅと揉みしだきながら、男のテントを張った股間を千佳子の尻に押しつけていく。

「本当は義姉さんも興奮してるんでしょ？　料理しながらこんなことされて、いやらしい気持ちになってるんでしょ？」

左右の乳首をコチョコチョと指でいじると、

「あぅうぅーっ！」

千佳子は身をよじって悲鳴をあげ、長い黒髪をうねうねと波打たせた。

「いやいやいやっ……あああああっ……」

けれども、突きだしたヒップは引っこめない。コチョコチョといじられている乳首は、みるみるうちに物欲しげに尖っていく。素肌がじっとりと汗ばんで、エプロン一枚しか着けていない肢体から甘い匂いが漂ってくる。

両手に握りしめた泥だらけのジャガイモと皮剝き器だけが、兄嫁を日常に繫ぎとめている唯一のものだった。

「欲しいんでしょ？　もう欲しくなってきたでしょ？」

慎二郎がぐいぐいと双乳を揉み搾れば、

「ああっ、ダメッ……カレーをっ……カレーをつくらせてええっ……」

千佳子は涙に潤んだ声を訴えてきたが、黒髪からのぞいた耳は真っ赤に燃えていた。もはや欲情を隠しきれなかった。

「いいじゃないですか……カレーなんてあとでいいじゃないですか……」

慎二郎は左手で乳房を揉みつづけながら、右手を下肢に伸ばしていった。

エプロンの中に忍びこんで、ふっさりした恥毛を撫であげた。

両脚の間から、いやらしいほど熱く湿った空気が漂ってくる。

中指を女の花園に這わせていくと、

「くぅううーっ！」

千佳子は尻を突きだした情けない格好で、むっちりした太腿をブルブルと震わせた。

「濡れてるじゃないですか？」

慎二郎は勝ち誇った声でささやき、花びらをいじりたてた。

左右に割りひろげると、したたった蜜が指にからみついてきた。

「興奮してたんですね？　涼しい顔して、本当は裸エプロンで興奮してたんだ」

「いっ、言わないでっ！」

千佳子は髪を振り乱して首を振った。

しかし、事実は動かしようがない。

慎二郎の指は花びらをめくりあげ、貝肉質の粘膜をとらえていた。

割れ目に沿って尺取り虫のように指を動かすと、発情の蜜がしとどにあふれ、指をひらひらと泳がせることができるまで、時間はかからなかった。

（もうっ……もう我慢できないっ！）

慎二郎は右手の中指で肉穴をぬぷぬぷと穿ちながら、左手を美巨乳から離し、ベルトをはずした。ズボンとブリーフをめくりさげて、勃起しきった男根を取りだした。

「ああっ、いやっ……」

濡れた花園に切っ先をあてがわれ、千佳子が振り返る。焦った顔をしていても、期待が生々しく伝わってくる。前戯もろくにしていないこの状況で、獣のように犯されてみたいと、ひきつった頬に書いてある。

慎二郎はエプロンの紐の上からくびれた腰をがっちりつかみ、

「むううっ！」

はちきれんばかりに勃起したペニスをずぶずぶと埋めこんだ。いやらしいくらいにぬめぬめした肉ひだを掻き分けて、最奥にある子宮をずんっと突きあげた。

「はっ、はぁうううううぅーっ！」

千佳子が甲高い声をあげて、ジャガイモと皮剝き器をシンクに落とす。泥だらけの指で流しの縁をつかまえ、結合の衝撃に身をよじる。

「むむむっ……」

慎二郎は真っ赤な顔で首に筋を浮かべた。

前戯を端折《はしょ》りすぎたせいで、千佳子の中はびしょ濡れというわけにはいかなかった。肉と肉とがひきつれる感触があり、少し乱暴に入ってしまったかな、と思わないでもなかった。

しかし、それもほんの束の間のことだ。

ぐりんっ、ぐりんっ、と腰をまわしてバックから肉壺を攪拌《かくはん》してやると、奥から蜜があふれてきて、あっという間に肉と肉が馴染んだ。蜜を吸って生気を帯びた内側の肉ひだが、数百匹の蛭のように蠢《うごめ》きだした。勃起しきった男性器官に吸いつき、からみついてきた。

「あぁっ、いやっ……いやいやいやっ……はぁああああああーっ！」

身悶える千佳子も、肉の摩擦の前では無力だった。

パンパンッ、パンパンッ、とヒップをはじいて、慎二郎が本格的に腰を使いはじめると、甲高い悲鳴をこらえきれなくなった。

「はぁあああっ……はぁあああっ……はぁあうううーっ！」

「むううっ！　むううっ！」

慎二郎は渾身のストロークを送りこんだ。いきなりのフルピッチだった。千佳子とするときはいつもそうだ。こみあげてくる欲望をこらえきれない。愛しさを制御できない。

「むううっ！　むううっ！　むううーっ！」

鼻息も荒く連打を放てば、

「はぁああっ……はぁあううっ……はぁあうううううーっ！」

千佳子の悲鳴も、一足飛びに甲高くなっていく。裸にエプロンを着けたいやらしすぎる格好で、淫らがましく身をよじり、むっちりした太腿を震わせる。

白熱の時間が到来した。

キッチンの床をギシギシと軋ませて、お互いに激しく腰を振りあった。

頭の中を真っ白にして、ただ肉の悦びに溺れた。

たまらなかった。

鋼鉄のように硬くなり、火柱のごとく熱を発する男根が、蜜のしたたる肉ひだに、ぎゅうぎゅうと締めあげられる。

ずちゅっ、ぐちゅっ、ずちゅっ、ぐちゅっ、と音がたつ。

汁気の多い湿った音と、ヒップをはじく乾いた打擲《ちょうちゃく》音、そして切迫する呼吸音と獣じみた千佳子の悲鳴が、狭いキッチンを欲望のカオスにした。

欲望だけが正しく、快楽だけが至高の空間で、ただ一心に性器をこすりつけあい、むさぼるように腰を振りあった。

「ああっ、ダメッ……もうダメッ……」

千佳子が切羽つまった声をあげた。

「そんなにしたら、わたしイクッ……イッ、イッちゃううう っ……」

「むううっ……」

オルガスムスの前兆に肉壺が締まりを増し、慎二郎もクライマックスを意識した。

突いても突いても、千佳子の肉壺は奥へ奥へと男根を引きずりこもうとする。すさまじい吸着力で、どこまでも密着感をあげていく。

「こっちもっ……こっちもですっ……」

慎二郎は火が出るくらい顔を熱くして、両膝をガクガクと震わせた。

「もう出るっ……出ちゃうっ……おおおおっ……」

最後の一撃をずんっと突きあげ、煮えたぎる欲望のエキスを噴射すると、

「はっ、はぁあああーっ！　イクッ！　わたしもイッちゃうっ……イクイクイクイクイクッ……はぁおおおおおおーっ！」

千佳子は立ちバックの肢体をくねらせ、ビクンッ、ビクンッ、と腰を跳ねあげた。五体の肉という肉を淫らがましく震わせて、激しく痙攣した。

「おおおおっ……おおおおおっ……」

「はぁあああっ……あああああっ……」

喜悦に歪んだ声をからめて、身をよじりあった。射精はいつまでも終わることなく、長々と続いた。

慎二郎がドクンッ、ドクンッ、と男の精を吐きだすたびに、千佳子の蜜壺もキュッ、キュッ、と締めつけてきた。その締めつけが、新たな射精のひきがねとなり、煮えた

ぎる粘液を搾りだす。

出しても出しても、後から後からこみあげてくる。

お互いに精根尽き果てるまで身をよじりあい、結合をとくことができなかった。

第六章　果実のゆくえ

季節は初夏になっていた。

一年でいちばん爽やかな季節だ。

にもかかわらず、慎二郎と千佳子は爛《ただ》れた肉欲にどっぷりと浸る生活を送っていた。新緑の爽やかさなどとは、いっさい無縁だった。

裸エプロンでの情事がきっかけとなり、ふたりはまたセックスのステージをひとつあがったのだ。兄嫁と義理の弟の禁断の情事から、セックスそのものを過激に愉しむ方向へと舵《かじ》が切られた。

慎二郎はディスカウントショップで廉価《れんか》なセーラー服やナース服を買い求め、それを千佳子に着せた。高校生同士のカップルや、ナースと患者に扮《ふん》して、甘い愛撫と淫らな興奮を手に入れた。

千佳子は貪欲な女だった。

慎二郎が用意した卑猥な衣装に眉をひそめながらも、結局は着けた。着ければいつも以上に燃えた。淫乱さながらに恍惚をむさぼった。

慎二郎は、兄が千佳子に赤いネグリジェを着せた理由が少しわかった気がした。見た目は清楚で、よくできた義姉《あね》はしかし、卑猥なコスチュームを着せてみたくなるなにかをもっているのだ。

いや……。

そういう言い方は正確さを欠くかもしれない。

慎二郎がコスプレじみたことまでやりだした本当のきっかけは、別にあった。

裸エプロンでの情事の後、お互いキッチンの床にへたりこみ、ただ息を整えるだけの時間を過ごしていたときのことだ。

「慎二郎くんは、本当にエッチね……」

千佳子はハアハアと息をはずませながら言った。

「わたし、こんなにエッチな男の人と付き合ったこと、ないよ……」

「そうですか……」

慎二郎の息も激しくはずみ、口から心臓が飛びだしてしまいそうだったが、胸が熱くなった。肉欲を満たしたばかりの時間に、それ以上甘い台詞もないだろう。

しかし……。

千佳子は続けてこう言った。

「あの人も……慎二郎くんくらいエッチだったらよかったのに……」

慎二郎は衝撃のあまり、言葉を返せなかった。射精後の火照った体に、冷や水をかけられた気分だった。

（やっぱり……やっぱり義姉《ねえ》さんは、兄さんのことを……）

いまでも心から愛しているのだろう。

わかっていたことだった。

千佳子は慎二郎に、一度も「好きだ」と言ってくれたことがない。

当然だった。

慎二郎は義姉の欲求不満につけこんで、それを解消するためのセックスパートナーを務めているだけなのだ。

みずから望んだことだった。

慎二郎は、千佳子と兄の関係が壊れてしまうことを願ったことなど一度もない。

なのに心が軋む。

恍惚を分かちあったすぐ後にもかかわらず、胸が張り裂けそうになる。

（兄さんが俺なら、どうしただろう……）

考えるまでもなく、正々堂々と千佳子を奪おうとするだろう。

たとえ婚姻関係にある男が自分の兄弟だったとしても、そうするに決まっている。自信の塊《かたまり》のような兄なら、「俺と一緒にいるほうがキミは幸せになれる」などと、臆《おく》面《めん》もなく言いそうだ。

出来の悪い弟には、とても真似できそうもなかった。

義姉の心まで奪えない現実を突きつけられた慎二郎は、セーラー服にナース服を用意した。要するに、セックスのボルテージをあげることで、千佳子の興味を惹こうとしたのだ。せめて体だけでも繋ぎとめておこうとしたのである。

情けないやり方といえばやり方だったけれど、兄から千佳子を奪う覚悟ができない以上、他にどうしようもなかった。

五月の終わりなのに、夏を思わせる陽射しの日だった。

気温も湿度も八月並みで、〈チカズ・フルーツカフェ〉は閑古鳥《かんこどり》が鳴いていた。暑い日にスイーツは売れないのだ。

あらかじめわかっていたことだが、路上販売となれば、デパ地下などよりずっとダメージが大きい。陽射しの強い昼間、わざわざ散歩に出てくる人も少ないので、どこの団地に行っても、だだっ広い広場にピンクのワゴン車がポツンと停まっている有様だった。

「やっぱり夏はアイスかジェラートにしないとダメかしら」

千佳子が溜息まじりに言う。

「少し様子を見ようと思ってたけど、こんなにさっぱりだと大赤字になっちゃう」

「アイスにするなら場所も考えたほうがいいですね」

慎二郎は言った。

「オフィス街とか学生街とか、もっと人の流れがあるところのほうが売れると思いますよ」

「そうね。でも、そういうところは、なかなか営業許可が下りないから……」

「まあ、そんなに焦ることもないですよ。五月でこんなに暑い日なんて、続くわけないですから。異常ですよ」

心配顔で励ましながらも、一方で慎二郎は別のことを考えて心の中でニヤニヤしていた。営業的には客が来なくては困るけれど、狭いワゴン車の中で千佳子とふたりきりでいるのだから、退屈することはない。

客がいないときは、エアコンの冷気を逃がさないようにカウンターのガラス戸を閉めている。だが、看板を出したり、掃除をしたりするためには外に出なければならず、出れば汗がどっと噴きだすので、千佳子の体から甘酸っぱい汗の匂いが漂ってきていた。

たまらない匂いだった。

集客の悪さを嘆く千佳子を励ましつつも、慎二郎の気分はどんどん淫らな方向へと傾いていった。

「暑くないですか？」

ペロリと尻を撫でると、

「あんっ！」

千佳子を体を伸びあがらせ、サンバイザーの後ろでポニーテイルを跳ねあげた。

「なにするの？　いまは仕事中よ」

眼を吊りあげ、「めっ」という顔で睨んできた。折り目正しい性格の彼女は、仕事中に淫らな行為に耽ることを好まない。

「いや、でも、レギンスなんか穿いて暑くないのかなあって……」

慎二郎はかまわず尻を撫でまわしていく。制服が超ミニ丈のワンピースなので、いくら暑くても生脚《なまあし》というわけにはいかないらしく、千佳子は薄手のレギンスを穿いていた。

「仕方ないでしょ？　ううんっ……やめてっ……」

千佳子は尻を振りたてたが、その仕草があまりにも悩ましかったので、慎二郎は悪戯をやめられなくなった。右手をスカートの中に侵入させ、レギンスの上から丸尻を撫でまわした。それだけでは飽き足らず、尻の桃割れまでねちっこくなぞる。奥まで指をすべりこませていく。

「ダメッて言ってるでしょ……あああっ！」

千佳子は眼を吊りあげて睨んできたが、すぐに泣きそうな顔になった。慎二郎の指が女の急所をとらえたからだ。レギンス越しにぐにぐにと刺激してやると、仕事中の悪戯をとがめることができなくなり、哀願口調になった。

「ね、お願いっ……そういうことは帰ってからっ……」

「いいじゃないですか、お客さんもこないし」

慎二郎は口許に淫靡な笑みをもらし、レギンス越しにしつこく割れ目をなぞりたてた。おそらく汗だろうが、股布のところがじっとり湿っているのが卑猥だ。

「実はね……」

慎二郎は赤く染まった千佳子の耳にささやきかけた。

「僕が本当にいちばんやってほしかったコスプレって、この制服なんですよ。セーラー服でもナース服でもなくて」

「やだ、慎二郎くん。仕事中にわたしのこと、そんないやらしい眼で見てたの？」

「見てましたよ」

クリトリスのあたりをぐいっと押すと、

「あううっ！　いやっ……」

千佳子は悩ましい声をあげて爪先立ちになり、レギンスに包まれた太腿をブルブルと震わせた。

「僕はいつでも、義姉さんのことをいやらしい眼で見てますよ、ええ。今夜はどんなふうにエッチしようかってそればっかり……」

慎二郎は指の動きに熱をこめながら言った。裏を返せば、セックス以外で結びつけないつらさもあるのだが、それはおくびにも見せるわけにはいかない。

「わかった……わかったから……今夜はこの制服を着てエッチしてもいいから……だからいまはやめて……」

千佳子の表情は次第に切羽つまっていった。神聖な職場でふしだらな行為に耽る罪悪感だけが、焦っている理由ではないようだった。

盛夏を彷彿とさせるまぶしい陽光が燦々《さんさん》と降り注ぐ眼の前の広場には、先ほどまでまったく人影がなかった。風に揺れる木々の影だけが黒々と存在感を放っていたのに、ひとりの男がこちらに向かって歩いてきたのだ。

常連客だった。

年は四十前後。もっさりした髪型に、瓶底メガネ。背が低く、小太りの体型にキャラクターTシャツを着た、一見してオタクふうの男。いつも瓶底メガネの奥の細い眼から、千佳子を見る眼がやけに熱い。

「むふふっ。来ましたね、定期便が」

慎二郎は千佳子の耳元でささやいた。

「まったく、こんなに暑いのにご苦労なことです。あの人、義姉さんに恋してますよね？」

「やだ、変なこと言わないで」

「絶対そうですって。眼を見ればわかります」

言いながら、慎二郎は執拗に千佳子の割れ目をなぞっていた。太腿を揉んで、尻を撫でた。生尻が触りたくなり、レギンスとパンティを膝までずりさげていく。

「……っ！」

千佳子は眼を見開いたが、抵抗できなかった。オタクふうの男が、店の前まで来てしまったからだ。

「いらっしゃいませ」

慎二郎はガラス戸を開け、努めて明るい声で言った。

「ご注文はなんになさいますか？」

「……チョチョチョ、チョコバナナ」

男は訊ねた慎二郎ではなく、千佳子に眼を向けて答えた。どもっているのは、恋する相手を眼の前にしているからだろう。

「レギュラー、ホワイト、ストロベリーとございますが？」

「じゃあ……じゃあ……ホワイト」

「トッピングは？」

「ええーっと……おまかせ。可愛い感じで」

「かしこまりました」

慎二郎はうなずきながら胸底で苦笑した。男が「可愛い感じで」と言いながら、うっとりした表情で千佳子に笑いかけたからだ。

「チョコバナナ、ホワイトワンです。トッピング、可愛い感じで」

慎二郎はすぐ横にいる千佳子に言った。右手はまだ、生尻をしっかりと握りしめ、モミモミと刺激していた。

「チョチョチョ、チョコバナナ、ホワイトワンね……」

千佳子は、自分に恋するオタクよりも緊張した声と顔で答えた。

店のワゴン車は車高も高いし、カウンターがあるのは胸のあたりなので、外にいる客から下半身は見えない。

しかし、だからといって、平然とはしていられないのだろう。外から流れこんできた熱風が、なににも守られていない尻を撫で、恥毛をそよがしているのだ。

「ううっ……」

千佳子は唇を噛みしめて、チョコバナナをつくりはじめた。バナナの皮を剝いて棒に差し、湯煎《ゆせん》で溶かしたホワイトチョコレートに浸す。コーティングされたチョコレートの上にカラフルなスプリンクルをトッピングする。

さして難しい作業ではなく、クレープなどにくらべればずっと短い時間でつくれるのだが、義姉の額には脂汗が噴きだしていた。

外から流れこんでくる熱風のせいだけではなく、慎二郎の指が桃割れをなぞり、アヌスをくすぐり、じわじわと女の割れ目を目指しているからだった。棒に差したバナナを溶けたチョコレートに浸しながら、チラチラと見てきた。もうやめて、という心の声が聞こえてくるようだった。

だが、やめるわけにはいかない。

「お先にお会計よろしいですか？　三百八十円になります」

「じゃあこれで……」

男が五百円玉を渡してきた。

慎二郎は受けとるふりをして床に落とし、

「あっ、すいませーん」

その場にしゃがみこんだ。五百円玉は足元にあったけれど、

「あれー、どこいっちゃったんだろう？」

わざとらしい声を出しつつ、千佳子の下半身に魔の手を伸ばしていく。右手で生尻を撫で、同時に左手で恥毛をつまみあげた。千佳子の腰がビクンッと跳ねた。心の悲鳴が聞こえてくるようだった。

「ご、ごめんなさい。お先にどうぞ」

千佳子は上ずった声をあげ、客にチョコバナナを渡した。

「なかなか見つからないみたいで、ちょっとお待ちくださいね」

もじもじと尻を振りながら、ひきつった声で客に言うと、

「ごご、ご主人ですか？」

客が千佳子に話しかけた。

「ナナナ、ナイスカップルですよね。いつも思ってます」

「そ、そうですか？　いやだわ、恥ずかしい……くぅうっ！」

千佳子がしきりに腰をくねらせているのは、客の誤解に照れたからではなく、慎二郎の指が女の急所をとらえたからだ。右手で割れ目を、左手でクリトリスをいじりはじめた衝撃に、いても立ってもいられなくなったのだ。

（すごい濡れ方だ……）

慎二郎は指にからみついてくる蜜の量と粘り気に驚いた。湯煎で溶かしたホワイトチョコレートに似た、本気汁まで漏らしていた。

興奮しているのだ。

このスリリングな状況に、千佳子も実は欲情を燃やしているらしい。

（よーし、だったら……）

右手の中指をむりむりと穴に挿入していくと、

「くぅうっ！」

千佳子は驚愕に眼を見開き、ひきつった顔で睨んできた。けれども、びしょ濡れの肉穴は指を食い締めてくる。タラタラと発情のエキスを漏らしながら、指を食いちぎらんばかりにキュウキュウと収縮する。

「まだ？　まだ見つからないの？」

千佳子が焦った顔で言う。もういい加減にして、という切羽つまった心の声が聞こえてくる。

「すいませーん、おかしいなー、どこいったのかなー」

慎二郎はとぼけた声で言いながら、指を鉤《かぎ》状に折り曲げて、抜き差しした。奥まで潤んだ蜜壺が、じゅぽじゅぽと卑猥な音をたて、

「おおお、お釣り、百二十円よね！」

千佳子は悲鳴にも似た声をあげてレジに手を伸ばした。震える指先でコインをつかみ、客に渡した。

「はい。お待たせしてすみません。ありがとうございます」

最後の力を振り絞って、脂汗にまみれた顔に営業スマイルを浮かべたが、

「あっ、いいです。待ってますから」

オタクの男は悠然と言い放った。

「渡したお金、百円玉だったかもしれないし。そうしたら悪いし。出てくるまで待ってますから」

カウンターの下にしゃがみこんだ慎二郎は、しめしめと笑った。

オタクのうっとりした顔が眼に浮かぶようだった。千佳子を少しでも長く見ていたい彼にとって、これ以上なく都合のいいシチュエーションだからだ。千佳子のつくったホワイトチョコバナナを食べながら、彼女を見つめていられるのは、酷暑すら忘れるほど甘い時間に違いない。

一方の慎二郎にとっても、好都合だった。困惑しきっている千佳子の肉壺をしたたかに攪拌し、ぬんちゃっ、ぬんちゃっ、と粘りつくような音をたててやる。

「んんんっ！　きょ、今日は本当に暑いですね。やんなっちゃう」

音を誤魔化すために、千佳子は客に話しかける。穴奥を刺激される衝撃に生尻をひきつらせ、プルプルと痙攣させながら、しきりに足踏みしている。

（ふふふっ、オタク野郎も、まさか憧れのスイーツ屋のお姉さんが、カウンターの下でオマ×コいじられてるとは、夢にも思わないだろうな……）

慎二郎は優越感に浸りながら、指責めをやめられなくなった。

たっぷり五分ほども責めてやると、発情のエキスが指から手首まで伝い、ポタポタとしたたってきた。膝までずりさげたパンティとレギンスがなければ、床に匂いたつ水溜まりができていただろう。

さすがにそれ以上責めたら潮《しお》でも吹きそうだったので、

「すいません、ようやく見つかりました」

慎二郎は五百円玉を手に立ちあがった。

「冷蔵庫の下に入っちゃって、まいりましたよ」

「あっ、あればいいんです。あれば……」

客はチョコバナナをすっかり食べおえていた。顔は汗みどろだったが、満足そうに去っていった。

「……信じられない」

ガラス戸を閉めた千佳子は、真っ赤な顔で怒りに声を震わせた。外でチョコバナナを食べていた客より汗が噴きだし、化粧がはがれかけていた。

「もし見つかったら、どうするつもりだったの？　恥ずかしくて、二度とここで営業できなくなるのよ」

「見つからないですよ、角度的に外から見えませんから」

慎二郎は涼しい顔で答え、

「それに……」

発情のエキスにまみれた指を舐めしゃぶった。

「義姉さんだって感じてたんでしょう？　オマ×コ、ギュウギュウ締まって、指が食いちぎられちゃいそうでしたから」

「くっ……」

千佳子は悔しげに唇を嚙みしめて顔をそむけ、ずりさがったパンティとレギンスをあげようとしたが、慎二郎は許さなかった。千佳子の手を押さえ、背後にまわった。ズボンをおろして勃起しきったイチモツを取りだした。

「待ってっ！　な、なにするのっ……んんんんーっ！」

焦る兄嫁に抵抗の隙を与えないまま、慎二郎は立ちバックでずぶずぶと男根を挿入していった。本気汁までしたたらせた蜜壺は奥の奥までびしょ濡れで、わけもなくいちばん奥まで入ることができた。

子宮をずんっと突きあげると、

「んんんーっ！」

千佳子はポニーテイルの尻尾を揺らしてあえいだ。

「義姉さんがいけないんですよ……」

慎二郎は唸るように言いながら、腰を使いはじめた。ゆっくりと入って、素早く抜いた。ずちゅっ、ぐちゅっ、と身も蓋もない肉ずれ音がたつ。

「くぅうううっ……や、やめてっ……」

「義姉さんが、いけないんだ……エッチな男が好きなんて言うから、いけないんだ……」

ぐいぐいと腰を使いながら、ガラス戸の向こうを見た。オタクふうの男が団地のひとつに入っていくと、広場には誰もいなくなった。

とはいえ、昼間の野外である。盛夏を思わせる陽光はどこまでもまぶしく、視界をくっきりさせている。どこかで誰かが見ているかもしれない。たとえば団地の窓から、こちらをうかがっている視線があってもおかしくない。

それでもやめられなかった。

ワゴン車をギシギシと揺らして、慎二郎は腰を振りたてた。

つんのめる欲望が突いても突いても女肉を欲し、怒濤の抜き差しに力をこめる。

自分たちをのぞく視線があるならば、いっそ見てほしいとさえ思いながら、憧れの兄嫁をしたたかに貫いていく。

パンパンッ、パンパンッ、と尻をはじく。

凶暴に張りだしたエラで濡れた柔肉を逆撫でにし、発情のエキスを掻きだせば、慎二郎の陰毛から玉袋までみるみるうちにびっしょりになった。

「ああっ、いやっ……いやいやいやっ……もうっ」

千佳子が身をよじった。女らしい指先で、つるつるしたカウンターを掻き毟りながら、恍惚への階段を一足飛びに駆けあがっていく。

「イッ、イッちゃうっ……そんなにしたらイクッ……イクイクイクッ……くぅううううううーっ！」

ビクンッ、ビクンッ、と腰を跳ねあげて、オルガスムスに達した。ぎゅうっと肉壺が収縮すると、慎二郎もこみあげてくるものを我慢できなくなった。

「出ますっ……こっちも出ますっ……おおおおっ！」

野太い声でうめいて、最後の一打を打ちこんだ。ドピュッ！　と男の精を噴射し、千佳子の中に白濁した粘液を氾濫《はんらん》させた。

「おおおおっ……おおおおおおっ……」

「くぅううっ……くぅうううっ……」

喜悦に歪んだ声をからめあい、身をよじりあった。

長々と続いた射精を終えると、千佳子はカウンターを抱きしめるような格好で放心状態に陥った。

遠くに人影が見えたので、慎二郎はあわててザーメンまみれのイチモツをズボンの中に仕舞い、千佳子のパンティとレギンスをあげてやった。

それでも千佳子は、しばらく上体をカウンターに預けたまま動けなかった。幸いなことに、人影はこちらに向かってくる客ではなかった。

「ダメになる……」

やがて千佳子は、恍惚の余韻で潤みきった瞳でつぶやいた。

「わたしこのままじゃ、ダメになっちゃう……」

慎二郎は息を呑んだ。

言葉を返せなかった。

千佳子の眼つきが、いつかドキュメンタリー映画で見た麻薬中毒者そっくりだったからだ。

快楽に抗えずに堕《お》ちていき、すべてを失ってなお快楽を求め、滅びゆく運命を受け入れようとしている美しき退廃がそこにあった。

このままじゃまずい、と慎二郎は痛切に思った。

このまま自分との関係を続けたら、千佳子は心と体の均衡を失ってしまい、文字通り「ダメに」なってしまうかもしれない。

欲求不満の解消も、度が過ぎるとすべてを失いかねないのだ。

憧れの兄嫁に、すべてを失う悲惨な運命を背負い込ませることなどできなかった。

「一緒にダメになりましょう」

と駆け落ちをしたところで、事態は解決しないだろう。

なぜなら、千佳子の心はいまだ兄に繋ぎとめられたままだからである。

となると、解決策はひとつしかなかった。

自分と千佳子の甘い関係が終わってしまうのはあまりにもつらいが、彼女を救うにはこれしかない。

それは千佳子と兄の仲を元通りに修繕することだ。

兄にはっきりと言ってやるのだ。

千佳子が淋しい思いをしていると、胸ぐらをつかんで訴えるのだ。

できるだろうか？

あらゆる意味において、いままで人生のお手本だった十歳年上の兄に、男と女の道を諭すことなど可能だろうか？

それでもやらなければならない。

できなければ、自分も心と体の均衡を失ってしまうだろう。

このままじゃまずいのは、慎二郎も一緒だった。

行く先に待ち受けているのが地獄めぐりとわかっていても、千佳子の手を取り、どこかへ逃げだしてしまいたくなるに違いない。


兄に電話をした。

「話があるから、会えないかな？　できれば外で」

と切りだすと、

「再就職の相談か？　よし。たまにはうまいものでも食わせてやろう」

兄は快諾してくれた。再就職という言葉に慎二郎の胸はいささか痛んだが、そんなことは言っていられない。

ところが、仕事を終えた慎二郎が、待ちあわせの店に向かう途中に、兄から電話がかかってきた。

「すまん。急な接待が入っちまった。悪いけど、今日はキャンセルさせてくれ」

約束の午後九時の五分前だった。

「えっ？　マジ……」

驚く慎二郎をよそに、兄は一方的に電話を切った。仕事だからキャンセルは仕方がないけれど、相変わらず強引な態度だった。

（まいったな……）

慎二郎は呆然と立ちすくんだ。場所は客足がピークを迎えている繁華街で、兄と待ち合わせた高級焼き肉店はもう眼と鼻の先だった。

（……えっ？）

そのとき、眼の前を兄が通った。慎二郎は咄嗟にビルの陰に身を隠した。

女連れだったからである。

忘れもしないアンナだった。

兄と赤ちゃんプレイに興じていたスイカップである。

（なにやってるんだよ、兄さん……）

弟との約束より、愛人とのデートを優先した兄に怒りを覚えることができないほど、兄とアンナは目立っていた。仕立てのいいスーツに身を包んだ、いかにもエリート風を吹かせた兄と、ひらひらしたピンクのワンピースを着た金髪の若い女の組みあわせは、異様としか言いようがなかった。

ビジネスマンとホステスのカップルは、繁華街にはいくらでもいる。高級クラブでの接待という雰囲気なので、それほど違和感はない。

しかし、アンナはものすごく派手な格好をしているのに、水商売の匂いがしなかった。つまり、援助交際や愛人契約などのいかがわしい関係にしか見えないのだ。にもかかわらず、繁華街を平然と歩いているところが恐ろしい。

(誰かに見つかったら、どうするつもりなんだ……)

銀行というお堅い勤め先であれば、スキャンダルが命取りになることもあるだろう。不貞を働いている兄がいけないとはいえ、そちらの心配が先に立ってしまい、慎二郎は思わず後をつけてしまった。

自分と待ち合わせをした高級焼き肉店に向かうのだろうと思った。

しかし、兄とアンナは件《くだん》の店の前を平然と通りすぎると、ネオンの灯《あか》りが少ない繁華街のはずれに向かっていった。

ラブホテル街だった。

眩暈《めまい》を覚える慎二郎を尻目に、兄は脂下《やにさ》がった顔でアンナの肩を抱き、西洋の城を模した建物に入っていこうとした。

「なにやってるんだよ、兄さん……」

慎二郎は我慢できず、兄に向かって声をあげた。兄がハッと振り返る。一瞬こわばった表情を見せたが、知らぬ素振りでコソコソとラブホテルに入っていこうとした。

「待ってくれよ……」

慎二郎は追いかけて肩をつかんだ。

「どうして逃げるんだよ、せめて弁解したらどうなんだ」

怒りが全身を熱く燃やしていた。

いま眼の前にいる男は、憧れの兄でも、尊敬する兄でもなく、ただの卑怯者《ひきようもの》だと思った。

(ガッツだ……ガッツで乗りきるんだ……)

こんなときにも兄の教えが顔をのぞかせることが、滑稽と言えば滑稽だった。しかし、自嘲の笑みを浮かべている場合ではない。鬼の形相で兄を睨んだ。卑屈に眼をそむけた兄の態度が、怒りの炎にますます油を注ぎこむ。

「見損なったよ、兄さん。義姉さんは全部知ってるぞ。あんないいお嫁さんを泣かせるなんて、俺は兄さんを許せないっ！」

感情の高ぶりが、拳を硬く握りしめさせた。気がつけば殴っていた。生まれて初めてだった。兄の横っ面を殴打し、殴られた兄は地面に尻餅をついた。

あの兄が、ひどく弱々しかった。

情けないことに、起きあがって殴り返してくることもなかった。

「……くっ！」

慎二郎は兄に背を向けて走った。いたたまれない気分で、ポン引きや酔っぱらいにぶつかりながら、全速力でその場を後にした。


どれくらいの時間が経ったのだろう。

脇目もふらずメチャクチャに夜の街を走りまわり、息が切れて走れなくなると電車に乗った。

気がつけば、兄の自宅の前にいた。

閑静な住宅街に建つ、コンクリート打ちっ放しの家を見上げていた。

千佳子に会いたかった。

いま会えば、取り返しのつかないことになることはわかっていた。

それでも会わずにいられない。

兄があんなにも不甲斐ない、骨のない男であるなら、千佳子を奪ってしまってもかまわない気がした。自分と一緒のほうが幸せだと、いまなら胸を張って言えるのではないか。兄に成り代わり、いまこそ千佳子を奪いとるときではないだろうか。

しかし……。

覚悟を決めて呼び鈴を押そうとした瞬間、静まりかえった深夜の住宅街にクルマのエンジン音が響いてきた。

タクシーだった。慎二郎がガレージの陰に身を隠すと、タクシーは眼の前で停まり、兄が降りてきた。顔面蒼白で扉を開け、家の中に飛びこんでいった。

（どうしたんだろう……）

てっきりあのままアンナとラブホテルに入ったものだと思っていたが、メイクラブをすましてきたにしては早い帰還だ。

となると、千佳子との関係に決着をつけに戻ってきた可能性が高い。

兄嫁が浮気の事実を知っていると弟に知らされ、焦って戻ってきたのだ。

心が千々に乱れていく。

あの兄が素直に謝るとも思えない。

千佳子が浮気を知った理由を、まずは究明するだろう。ハメ撮りビデオの存在が浮上してくる。人のものを勝手に見たことに腹を立て、逆ギレし、千佳子を激しく責めたてるような気がする。

一方、千佳子にしても、慎二郎がよけいな話をリークしたことなど知らないから、焦るに違いない。

焦って、慎二郎との関係までしゃべってしまうかもしれない。

そうなれば、修羅場だ。

誇り高き兄は、弟に嫁を寝取られて、いったいどんな反応を見せるだろう？

想像したくもなかった。

しかし、このまま帰るわけにもいかなかった。

呼び鈴を押す勇気はなく、家のまわりをぐるぐるまわった。

寝室の灯りがついていた。引かれた遮光カーテンの隙間から、わずかに光がもれていた。

どうやら、修羅場の舞台は寝室のようだ。

しかし、寝室にはベランダがないから、たとえ二階までよじ登っても、中をのぞきこむことはできそうもない。

（そうだ……寝室にはたしか、天窓が……）

思いだした慎二郎は、ガレージから脚立《きゃたつ》を出して屋根にのぼった。二階の屋根とはいえ、落ちて打ち所が悪ければ死ぬだろう。正直怖かったけれど、ふたりの行く末を知りたい気持ちが恐怖に勝った。

月明かりだけを頼りに、斜めになった屋根の上を中腰で進んだ。

天窓の位置はすぐにわかった。

そこから光が放たれていたからだ。

息を呑み、恐るおそるのぞきこんだ。

(あああっ！)

胸底で悲鳴をあげた。

屋根から落ちるより激しい恐怖が襲いかかってきた。

千佳子と兄はベッドにいた。

ふたりとも裸だった。

千佳子は仰向けで両脚をひろげられ、股間のところに兄の後頭部があった。

クンニリングスを施されているのだ。

そのときの義姉の表情を、慎二郎は一生忘れられないだろうと思った。

清楚な美貌をくしゃくしゃに歪めてよがるその顔には、ただ歓喜だけが満ちていた。

慎二郎と体を重ねていたときも、千佳子は感じていた。

淫乱と言っていいくらい、淫らに乱れていた。

しかしそこに混じっていた罪悪感や後悔や不安が、いまはまったく見当たらない。

愛する男にすべてを委《ゆだ》ねている女の姿がそこにあった。

眉根を寄せ、唇を開き、時に歯を食いしばって、クリトリスを舐められる喜悦に五体を震わせている。身をよじるたびに、先端をいやらしく尖らせたメロンのような美巨乳が跳ねあがる。波打つようにうねっている長い黒髪の一本一歩まで、歓喜に打ち震えているようだ。

（……やばいっ！）

千佳子がよがりながら薄眼をあけた。

一瞬、眼が合った。

視線と視線が火花を散らしたけれど、千佳子はすぐに眼をそらした。

慎二郎が天窓からのぞいていることにはっきり気づいたはずだったが、かまわずに兄との情交に溺れていった。

やがて兄が千佳子に覆い被さった。

正常位で挿入し、腰を使いはじめた。

慎二郎は放心状態でその様子を見ていた。

千佳子は慎二郎が天窓からのぞいていることに気づいていた。気づいていてなお、恥ずかしいよがり顔をさらしてきた。

色の浅黒い兄と、雪のように白い千佳子とのまぐわいは、二匹の蛇がからみあっているようだった。

千佳子が兄の腰に両脚をからめれば、兄がそれを両手ですくって股間を開かせる。手と手を繋ぎあい、体中をまさぐりあう。

深い口づけを交わす。

兄が千佳子の長い黒髪に顔を埋め、腰の動きを早くすると、千佳子は唾液に濡れた唇から何度も叫び声をあげた。

天窓はしっかり閉まっていたので、なにも聞こえなかったが、「イクッ！」と叫んでいることは明らかだった。

清楚な美貌をくしゃくしゃにして兄にしがみつき、何度も何度も連続してオルガスムスに達していた。

（これが……これが夫婦ってことなんだな……）

慎二郎は敗北感に打ちのめされ、屋根を降りた。

もう終電が終わっている時間だったが、たとえ終わっていなくても、電車には乗れないほど盛大に涙を流していた。

慎二郎は歩いた。

足が棒のように重かったけれど、夜闇に泣き濡れた顔を隠し、歩きつづけることしかできなかった。

終章　愉悦のお返し

「おまえのおかげで眼が覚めた。感謝してるよ」

兄は言い、照れたように少し笑った。

兄に呼びだされた高級焼肉店だった。話の見当はついたので来たくはなかったけれど、来ないわけにはいかなかった。

「あの日、おまえに殴られたあと、すぐに家に戻って千佳子と話しあったよ。浮気をしたことを謝って、許してもらった。心のわだかまりはまだ残っているだろうが、とりあえず最悪の結果は避けられた……」

話しあった後、お詫びのセックスもしたんだよね、と慎二郎は思ったが言わなかった。キムチを食べ、マッコリを飲んだ。

「まったく、自分でもどうかしてたと思う。この俺が浮気をするなんてな……」

兄は遠い眼をして、問わず語りに話しはじめた。

「実はな、ちょうど海外への栄転が決まるかどうかの瀬戸際でね、ライバルの同僚が行くのか、それとも俺に決まってくれるのか、ギリギリのところだったんだ。おかげでかなり苛《いら》ついてた。酒飲んで荒れたり、物に当たったり、いままでの自分にはあり得ないような精神状態に陥っていたんだ。それを千佳子に見せたくなくてね。だから浮気になんかに走っちまった……」

本当は、スイカップの若い女と赤ちゃんプレイでストレス解消してたんだよね、と思ったが、もちろん黙っていた。一枚千円以上する極上の肉をサンチュにくるんで食べた。

「しかし、イカんな、そんなことじゃ。いまならわかる。弱みを見せられなくて、なにが夫婦だってな。心を入れ替えて、もう一度千佳子との関係をつくり直していくよ。彼女もそれを望んでくれているしね……」

「それがいいよ。あんないいお嫁さん、滅多にいるもんじゃないんだから」

「そうだよな。これからはいままで以上に千佳子を大事にするよ。さあ、食ってくれ。今日は腹がはちきれるまでご馳走させてもらうぞ」

「……うん」

言われなくても食べていた。しかし、最高級のカルビもロースも、まったく味がわからなかった。真っ赤なキムチさえ、辛いかどうかわからない。

兄と千佳子が仲直りしてくれたことは、掛け値なしに嬉しかった。

けれども、もう二度と千佳子が自分と体を重ねてくれることはないと思うと、その喪失感たるや、焼き肉なんかではとても埋めあわせられるものではなかった。

しかも、である。

兄は件の出世レースに勝利したらしく、来月早々にもヨーロッパに向かって旅立つらしい。

もちろん、千佳子を連れてだ。

「だから、おまえに殴られたあの夜は、浮気も最後にするつもりだったんだ。まあ、金で契約した愛人だから、サバサバしたものだったけどね。しかし、よかったよ。浮気の話を隠したまま海外に行ったりして、向こうで千佳子とぎくしゃくしたら、眼も当てられなかった。海外は夫人同伴のパーティが当たり前だからな。千佳子に機嫌を損ねられてたりしたら、どうにもならない……」

「どれくらい向こうに行ってるんだい？」

慎二郎は内心の焦りを隠して訊ねた。

「うーん、三年、四年……長けりゃ五年以上になるかもしれないな」

兄は答えた。

「そんなに？　家だって建てたばかりじゃないか？」

「賃貸に出せば問題ないだろ」

「じゃあ……じゃあ〈チカズ・フルーツカフェ〉は？」

「あのピンクのワゴンか。あれは借り手を探してもいないだろうしな、下取りに出すしかない」

「そんな……」

慎二郎は泣きそうな顔になった。

兄と千佳子の関係が元通りになった以上、二度と千佳子とまちがいは起こせない。それはわかっている。しかし、仕事は別だ。千佳子とふたりで、移動販売式のスイーツショップを盛りたてていこうと考えていたのに、それまでなくなってしまうのは哀しすぎる。

「ねえ、兄さん……」

慎二郎は背筋を伸ばしてまっすぐに兄を見た。

「俺、〈チカズ・フルーツカフェ〉の仕事、続けたい。たとえひとりでも……」

「んっ？」

兄が苦笑する。

「千佳子がいなくなったら、肝心のスイーツがつくれないじゃないか」

「自分でつくれるようにするよ。学校でもなんでも行って、調理師免許も取る。俺、サラリーマンより、ああいう仕事のほうが向いてる気がするんだ。ってゆーか、あの仕事が好きになっちゃったんだ。兄さんは馬鹿にするかもしれないけど……頑張って行列のできる人気店にするから、あのクルマ、俺に譲ってくれよ」

あらかじめ考えていたことではなかった。

しかし、言いながらやる気がふつふつとこみあげてきた。

千佳子が兄とともに海外に赴き、〈チカズ・フルーツカフェ〉がなくなってしまうと聞いた瞬間、腹は決まった。言葉に嘘はなく、〈チカズ・フルーツカフェ〉で働いた数カ月間は、サラリーマンをしていたときよりずっと充実していた。店を愛した千佳子のためにも、千佳子の味を愛してくれた客のためにも、続けていきたい。続けて繁盛させたい。

「……そうか」

兄はふうっと深い息を吐きだし、眉間に皺を寄せた。説教が始まる、と慎二郎は身構えた。負けるわけにはいかなかった。どんなにこんこんと説教されても、今日は譲らない。ガッツで乗りきってやる。

「初めてだな」

兄はまぶしげに眼を細めて笑った。

「えっ？　なにが……」

慎二郎は首をかしげた。

「おまえ、子供のころから俺の真似ばっかりしてたじゃないか。バスケもそうだし、東京の大学に進学するのもそうだ。そうやって自分で自分の道を決めたの、初めてじゃないか」

たしかにその通りだった。

ただし、出来の悪い真似だ。兄に成り代われるわけがないのに、勉強でも部活でも、後を追いかけては失敗ばかりの人生だった。

「そんなおまえが、自分からやりたいっていうなら……あの仕事が好きだっていうなら、俺はもう馬鹿にしない。応援するよ。男のくせに甘いもの売って楽しいかなんて言って、悪かったな」

「兄さん……」

慎二郎は息を呑み、全身をわなわなと震わせた。嗚咽がこみあげ、目頭が熱くなった。気がつけば声をあげて号泣し、店中の客が怪訝《けげん》な視線を向けてきたけれど、涙をとめる術はどこにもなかった。

＊

（まいったな、しかし……）

慎二郎は、ひとりきりの〈チカズ・フルーツカフェ〉のワゴンの中で、深い溜息をついた。

季節はもう夏だった。

ひとりで〈チカズ・フルーツカフェ〉を切り盛りすることを決意し、スイーツづくりの猛特訓期間を経て、店を再開したのが二週間前。

「絶対、行列のできる店にしてみせる！」

と兄には大見得を切ったものの、仕入れと製作を担当していた千佳子が抜けた穴は予想以上に大きく、なにもかもうまくいかなかった。

睡眠時間を削ってつくった商品が大量に売れ残ることなどザラであり、「最近、味が落ちたわね」とはっきり言ってくる客も少なくなかった。日に日に暑さを増していく天候を味方につけようと、アイスクリーマーを導入したが評判はさっぱりで、ローンの支払いを考えると溜息は深くなっていくばかり。

（やっぱ無理だったのかなあ、俺ひとりでやるのなんて……）

人影もない団地の広場をぼんやり眺めては、胸底でつぶやく。

時刻は午後二時。陽射しのまぶしさとうだるような酷暑がピークに達する時間帯で、うろうろ歩いている人など皆無だった。

と、そのとき――。

女がひとり、こちらに近づいてきた。

（えっ？　ええっ？　嘘だろ……）

千佳子だった。

大きな麦わら帽子を被っていたが、すぐにわかった。白いワンピースとサンダルが、夏らしくてとても涼やかだ。

「どうしたんですか？」

慎二郎はガラス戸を開けて言った。エアコンの効いた車内に、熱風がむっと入りこんでくる。

「うん、ちょっとね……」

千佳子は微笑を浮かべ、〈チカズ・フルーツカフェ〉のピンクのワゴンを懐かしそうに眺めた。

「久しぶり。なんだか、すでに懐かしいな」

「ハハッ、まだ義姉《ねえ》さんが手を引いてから二カ月も経ってないでしょ？」

「まあ、そうだけど……」

慎二郎が兄嫁に会うのは、たしかに久しぶりだった。

未練がないわけではなかったので、気持ちに区切りをつけるためにも会わないことに決めたのだ。兄のヨーロッパ転勤が決まって以来、電話やメールもしていない。スイーツづくりの修業は、千佳子の残してくれたレシピを元にすべて独学で行なった。

おかげでいささか心許ないのだが……。

「明日の飛行機で、いよいよ向こうに発《た》つから……」

「そうですか……」

「だから、お別れを言いにね」

ささやく千佳子は、なんだか照れくさそうな顔をしている。

慎二郎も同様だった。

ふたりには、愛欲にまみれた甘い日々があった。

たとえ現実逃避に近いものであったとしても、そのとき義姉《あね》と味わった幸福感や快感は嘘ではなかった。胸の奥に、あるいは体の芯にしっかりと刻みこまれ、いまでもありありと思いだすことができる。

しかし、そのことを口にすることは、もはやタブーだった。

千佳子は兄とやり直す道を選び、慎二郎はそれを応援している。

そして慎二郎は、ひとりで〈チカズ・フルーツカフェ〉を盛りあげていく道を選んだ。まったく盛りあがっていないのは大問題なのだが……。

「暑いでしょう？　中に入ってください」

慎二郎がワゴンのドアを開けると、

「うん……」

千佳子はやはり、照れくさそうな、恥ずかしそうな素振りで、エアコンの効いた車内に入ってきた。自分が始めた店であり、自分で決めたド派手なデザインのクルマなのに、妙によそよそしいのがおかしい。

「お店、うまくやっていけそう？」

千佳子が麦わら帽子をとって訊ねてきた。

「ええ、もちろん……」

慎二郎は胸を張って答えた。

「義姉さんが戻ってくるころには、行列ができる店にしておきますから、楽しみにしててください。二号車、三号車だってできてるかもしれませんよ」

「ホントかしら」

千佳子は苦笑した。一緒に店を立ちあげ、一緒に店を切り盛りしてきた彼女である。閑古鳥が鳴いていることなどひと目で察したはずなのに、なにも言わないのはやさしさに違いない。

「でも、期待してる。慎二郎くんならきっとうまくいくと思う」

「まかせといてください」

慎二郎はどこまでも強気に答えた。明日には機上の人になってしまう彼女に、心配させないのはこちらのやさしさだ。

それでも、こみあげてくるものがある。

自分はこの人のことが本当に好きだったのだという思いだけが、久しぶりに会った感想のすべてだった。そして、いまでもその気持ちが変わっていないことが、いささかせつない。

「あのね……」

千佳子は声音をシリアスにして顔を伏せると、パールカラーのペディキュアが塗られた自分の爪先を見た。

「あの人に……言ってくれたんだって？」

「えっ？」

慎二郎が曖昧に首をかしげると、

「浮気のこと」

千佳子は爪先を見たまま言った。

「あの人がね、教えてくれたの。慎二郎に怒られたって。怒られて殴られたって。たしかに俺が悪かったから、殴り返すこともできなかったって……」

「あっ、いやっ……」

慎二郎は気まずげに顔をひきつらせた。なにも千佳子に報告することないじゃないか、と胸底で兄を責める。

「お礼、させてくれない？」

千佳子が顔をあげ、潤んだ瞳で見つめてきた。

「これから、もうしばらく会えないし……最後だから……」

言葉のあとに生まれた間には、なんとも言えない淫靡さが孕《はら》まれていた。かつて肉体関係があった者同士にしか共有できないムードであり、空気だった。にわかにキョロキョロと動きだした千佳子の視線が、慎二郎の鼓動を乱していく。

（つ、つまり……もう一度抱かせてくれるってことか……）

千佳子の態度からは、他の「お礼」など考えられなかった。

兄との夫婦生活が順調なせいか、白いワンピースに包まれた千佳子の体からは人妻らしい濃厚な色香が匂ってきた。とくに腰つきに充実感が漂っているのが、息を呑むほどいやらしい。

抱きたかった。

あれほど憧れ抜いた兄嫁なのだから、抱きたくないわけがない。

あまつさえ、これから何年も会えないとなれば、その抱き心地をしっかりと記憶に刻みつけておきたい。

だが……。

それでは兄に対して筋が通らなかった。

人の浮気には文句をつけ、殴ってまでおきながら、裏ではその嫁と体を重ねるなんて、男のすることではない。夫婦関係が暗礁に乗りあげているときならともかく、兄は浮気を反省していた。心を入れ替えて千佳子との関係を築き直そうとしているのだから、なおさら裏切れない。

しかし千佳子は、

「……いいのよ」

湿った声でささやきながら身を寄せてきて、慎二郎の手を握った。

「本当にこれが最後。終わったら、いままであったことも全部忘れて、わたしはあの人を支えるためだけに、これから生きていく……」

千佳子の声音には、決意が感じられた。ただの「お礼」ではなく、最後にもう一度体を重ねることで自分の気持ちも整理したいのだろう、と慎二郎は思った。

「ねえ？　お店も暇みたいだから、どこかに行きましょうよ。ふたりきりになれるところへ……」

「いえ……」

慎二郎は後退り、千佳子の手を振りほどいた。

「それはできません……俺、せっかく義姉さんのこと忘れなくちゃって、一生懸命になってるのに……そんなことしたら……」

断腸《だんちょう》の思いで言葉を絞りだしたときだった。

「……やだ」

千佳子が不意にその場にしゃがみこんだ。

「ど、どうしたんですか？」

「あの客が来たの……見つかったら面倒くさいから、隠れてる」

「えっ……」

慎二郎はガラス戸の向こうの広場に視線を向けた。たしかに、男がひとりこちらに向かって歩いてくる。

年は四十前後。もっさりした髪型に、瓶底メガネ。背が低く、小太りの体型にキャラクターTシャツを着た、一見してオタクふうの男……。

千佳子のファンの常連客だった。

店を再開してからも、暇な時間にこまめに足を運んできて、スイーツを買っていくのだが、千佳子がいないと露骨に落胆の溜息をつく。

「定期便ですよ。お別れの挨拶してあげたらどうです？」

慎二郎が言うと、

「いやっ！　絶対にいやっ！」

千佳子は大仰に髪を振り乱して首を振った。

気持ちはわからないでもなかった。

いつかの淫らな悪戯を思いだす。あの客がいるときに、慎二郎はカウンターの下のブラインドを利用して、千佳子にクンニリングスを施したのだ。あのときの、接客しながら悶えていた恥ずかしさが忘れられないのだろう。彼が覚えていたら恥の上塗りだし、思いだされたくもないに違いない。

「いらっしゃいませ」

慎二郎はしかたなく、千佳子の存在を隠したままガラス戸を開けた。

「イチゴとキウイとアイスのクレープください」

男が注文し、

「かしこまりました」

慎二郎は笑顔でうなずきつつ、胸底で舌打ちした。イチゴとキウイとアイスのクレープは、アイスクリーマーを導入したのを機に、慎二郎がオリジナルで開発したメニューだった。営業再開してからの目玉商品と言えば目玉商品なのだが、いささかレシピを凝りすぎて、つくるのがものすごく面倒なのだ。途中で失敗してつくり直すことも珍しいことではない。

(ちくしょう、なにもこんなときに……途中で失敗なんかしたら、義姉さんに心配されちゃうじゃないかよ……)

足元にしゃがんだ兄嫁の存在を意識しつつ、慎二郎がクレープの生地を焼きはじめると、千佳子が太腿に手を伸ばしてきた。指でなにか書いてくる。こ・の・ま・え・の・お・か・え・し……。

（この前のお返し？）

慎二郎が心の中で首をかしげたのも束の間、千佳子は手早くベルトをはずし、ズボンのファスナーをおろしてきた。ブリーフまでさげてうなだれているペニスを指でつまみ、悪戯っぽい上目遣いで見つめてくる。

（な、なにをっ……）

慎二郎は焦ったが、眼の前に客がいては抵抗できない。

「この前のお返し」とは、以前ふたりが逆の状態で、クンニリングスを施したことを言っているらしい。

営業スマイルをひきつらせながらクレープを焼く慎二郎をからかうように、千佳子はピンク色の舌を差しだした。まだ半剝けの状態の亀頭をチロチロと舐め、そのままぱっくり口に含んでしまう。

「むむっ……」

瞬間、慎二郎の息はとまった。

女の口の中で包皮が剝かれ、ねちっこく舐められる感覚は、眩暈を誘うものだった。刺激に反応したイチモツが、生温かい口内粘膜に包まれたままむくむくと隆起していく。そんな経験はいままでなかったので、勃起が完了すると同時に、腰がわななき、両脚が震えだした。

「うんっ……ぅんんっ……」

千佳子は可憐に鼻息をたてながら、野太くみなぎった男根を舐めしゃぶりはじめた。慎二郎がクレープにフルーツやアイスを載せながら、チラチラとその様子をうかがえば、やはり悪戯っぽく笑ってくる。これはあなたが以前した悪戯のお返しなんだからね、と眼顔で訴えてくる。

まったく、と慎二郎は胸底でつぶやいた。

呆れるほどやさしい女だ。

慎二郎が兄の立場を考えて最後の情事を拒んだので、そんなふうにフェラチオを開始したのだ。悪戯のお返しなのだから、罪悪感に苛《さいな》まれることなく、純粋に気持ちよくなっていいと言いたいのだ。心の声が、舌と唇から伝わってくる。

(たまらん……たまらないよ、もう……)

慎二郎は喜悦に身をよじりつつも、奇跡的に新メニューのクレープを一発でつくりあげることに成功し、客に差しだした。

「お待たせしました。六百八十円になります」

客が千円札を出し、慎二郎が釣りを渡す。その間も、千佳子の唇は休むことなく男根をしゃぶりたて、口内でねちっこく舌を使ってくる。

「ああ、あのう……」

客の男は商品と釣りを受けとっても、その場を動こうとしなかった。

「い、いつもここにいた女の人は、もう辞めちゃったんですか？」

「あ、はい……」

慎二郎はひきつった笑顔に脂汗を浮かべてうなずいた。できることなら、いま僕のチ×ポをしゃぶってますと言ってやりたかった。

「家庭の事情で辞めてしまいました。むさ苦しい男ひとりで頑張ってますけど、今後ともぜひご贔屓《ひいき》にしてください……」

早く行けよ、という心の声は、けれども客には届かなかった。

「そうですか……辞めちゃったんですか……」

夏の青空を遠い眼で眺め、

「あの人、綺麗な人だったですよねえ。清楚で美人でやさしそうで……ああっ、僕の心のアイドルだったのに……」

クレープをひと口囓《かじ》り、ゆっくりと噛みしめる。

「味も、あの人のほうがおいしかったなあ。また戻ってきてくれないかなあ……」

「むむむっ……」

慎二郎は自分の顔が、火が出るように熱くなっていくのを感じた。千佳子のフェラは熱烈になっていくばかりで、双頬をすぼめて思いきり吸いたててきた。肉竿の上でぬめぬめした唇をすべらせては、カリのくびれをキュッキュとしごきたてる。口内で分泌した唾液ごと、じゅるっ、じゅるるっ、と卑猥な音までたてて、男根を淫らに刺激してくる。

(聞こえちゃうじゃないか……そんな音たてたら、お客さんに聞こえちゃうじゃないかよおおおっ……)

慎二郎はひきつりきった顔に脂汗をべっとり浮かべて千佳子を見たが、義姉にやめてくれる気配はなかった。痛烈な吸いたてと、ねちっこい舌使いが、男根を限界まで硬くみなぎらせていく。出てしまいそうだった。腰の裏がぞわぞわとわななき、男根の芯が熱く疼きだしている。いっそこのまま出してしまえば、楽になれるのではないかと思う。

（ダメだダメだ。そういうわけにはいかないぞ。泣いても笑っても、義姉さんとこんなことができるのはこれで最後だ。もっとじっくり愉しまないと……出すにしたって、邪魔者がいない状況で、思う存分……）

真っ赤な顔で歯を食いしばり、したたるほどに脂汗を流している慎二郎の様子はあきらかにおかしいはずなのに、客の男は涼しい顔で無視し、その場でクレープを食べつづけた。

「イマイチだな」「やっぱりあの人がつくったやつじゃないと」とぶつぶつ文句を言いながら、それでもきっちり最後まで残さず食べきった。

まさか憧れの君が、カウンターの下で眼の前の男に淫らな口腔奉仕をしているなんて、夢にも思っていないだろう。

「それじゃあ……もう来ないかもしれませんけど、ご馳走さまでした……」

ようやくのことで客が去ってくれたときには、慎二郎は息も絶えだえだった。

男の背中が遠ざかっていくのを見送りながら、震える指でガラス戸を閉めた。

「……よくもやってくれましたね？」

ギラついた眼で千佳子を見下ろすと、

「うんん……ぅんんんっ……」

兄嫁は鼻息をはずませて男根をしゃぶりながら、せつなげに眉根を寄せた。もう悪戯っぽい上目遣いではなく、眉間の縦皺に別れの悲哀が滲んでいる。

慎二郎にも、こみあげてくるものがあった。ともすれば目頭が熱くなりそうだったので、それを振りきるように千佳子の頭を両手でつかんだ。

「本当にエッチな人だな、義姉さんは……エッチすぎてがっかりだ……」

湿っぽい別れはごめんだった。

ここで涙を見せては、せっかくの兄嫁の優しさを台無しにしてしまう。

「でも、僕はエッチな義姉さんが大好きですっ……清家千佳子が大好きでしたっ……」

鼻息荒く腰を振りたて、はちきれんばかりにみなぎった男根を、千佳子の口唇からずぼずぼと出し入れした。

本当は口ではなく、彼女の体が欲しかったが、そこまで望むのは贅沢というものだろう。

それに、客のおかげでぎりぎりまで高ぶった欲情を、こらえることができそうになかった。腰の動きは勝手に激しくなる一方で、ずちゅずちゅっと淫らな音をたてて、犯すように兄嫁の顔を責めたてる。勃起しきった男根の芯が疼きだし、耐え難い勢いで射精欲がこみあげてくる。

「ダ、ダメだっ……もう出るっ……出ちゃうっ……」

両膝をガクガク震わせながら、切羽詰まった声で言うと、

「ぅんぐっ……ぅんぐぐっ……」

千佳子は男根を舐めしゃぶりながら、うなずいた。このまま出してという心の声が、慎二郎にはたしかに聞こえた。

「だ、出しますっ……おおおっ……もう出るっ……出るううっ……おおおおうううううううーっ！」

喜悦に歪んだ雄叫びをあげ、最後の楔《くさび》を打ちこんだ。煮えたぎる欲望のエキスが、ドピュッと勢いよく噴射した。と、思った。しかし、それより一瞬早く、千佳子が鈴口を吸ってきた。すさまじい吸引力だった。

「おおおっ……おおおおっ……」

慎二郎はだらしない声をもらし、恥ずかしいほど身をよじった。噴射する勢いより早く吸われてしまうから、いつもに倍するスピードで灼熱の粘液が電気のように尿道を駆け抜けていく。

ドクンッ、ドクンッ、と発作が起こるたびに、男根の芯が焼けつくような快美感が

走り、それが体の芯まで伝わってきた。立っていることが奇跡にも思えるような、激しい衝撃に全身がのけぞってしまう。

「おおおおっ……おおおおおっ……ち、千佳子っ……」

慎二郎は千佳子の頭をしっかりとつかみ、腰を反らして長々と射精を続けた。いつまでも終わらないでほしかった。発作のたびに遠のきそうになる意識を必死に繋ぎとめ、兄嫁の口唇の感触をしっかりと体に刻みこんだ。

（了）

あとがき

珍しい義姉ものだ。

インセスト・タブーにはあまり惹かれないので、それに準ずる義母や義姉、あるいは義妹をヒロインとする作品はほとんどない。私の百五十冊を超える作品群の中でも、極めて特別なレアケースと言っていいだろう。

それではなぜ当時この作品を書いたのか？

申し訳ないが、さっぱり思いだせない。ただ、仮題が「人妻フルーツ」だったというメモが残っている。つまり、ワゴン車で移動販売する果物スイーツ店を営むヒロインを、兄の嫁というより、人妻として見ていたということだろう。血縁者がらみのドロドロしたあれこれより、もうちょっとさっぱりした、美しく清らかだけどお色気ムンムンな対象として、ヒロインを扱っている。

果物スイーツ店を舞台にしたのも、私の人妻に対するイメージが、甘ったるいものであるからだ。甘酸っぱいでも、ただ甘いでもなく、甘ったるい。果物がいちばん糖分を出すときの芳香に似ているのが、人妻の匂いであり、むせかえりそうな色香を覚える。そういう人妻を描いたつもりだが、いかがだろうか？

もちろん、いちおう義姉をヒロインにした以上、単なる人妻ではない。主人公は兄に対する屈折した思いもあるはずで、その感情も丁寧に拾いあげるように心がけた。詳しくは本文をお読みいただければと思う。

思えばこの作品は、内容とは別に忘れられない思い出がある。

東日本大震災の半月後に発売されたのである。

私は当時岩手県で暮らしており、沿岸部ではなかったから津波の被害は免れたものの、地震とそれによるライフラインの断絶でひどい目に遭っていた。こんなときに官能小説なんて出版して誰が読んでくれるのだろうかと、途方に暮れたことをよく覚えている。そんな鬼っ子のような作品が、こうして〈新装版〉として再び日の目を見ることになったのは喜ばしい限りだ。当時、手に取っていただけなかった方々にもお読みいただければ幸いである。

二〇一七年三月　　草凪優

※本書は二〇一一年三月に刊行された竹書房ラブロマン文庫『義姉さんは僕のモノ』の新装版です。

＊本作品はフィクションです。作品内に登場する人名、地名、団体名等は実在のものとは関係ありません。

長編小説
義姉《ねえ》さんは僕《ぼく》のモノ〈新装版〉
草凪《くさなぎ》 優《ゆう》

2017年4月24日　初版第一刷発行

ブックデザイン……………………… 橋元浩明(sowhat.Inc.)

発行人……………………………………………… 後藤明信
発行所…………………………………… 株式会社竹書房
〒102-0072　東京都千代田区飯田橋2－7－3
電話　03-3264-1576（代表）
03-3234-6301（編集）
http://www.takeshobo.co.jp
印刷・製本…………………………… 凸版印刷株式会社

ISBN978-4-8019-1059-1　C0193